그대 있기에
먼 곳에 그리움

그대 있기에 먼 곳에 그리움

초판 1쇄 인쇄   2007년 9월 7일
초판 1쇄 발행   2007년 9월 17일

지 은 이   정우찬
펴 낸 이   손형국
펴 낸 곳   (주)에세이
출판등록   2004. 12. 1(제395-2004-00099호)

주   소   412-791 경기도 고양시 덕양구 화전동 200-1 한국항공대학교
              중소벤처육성지원센터 409호
홈페이지   www.essay.co.kr
전화번호   (02)3159-9638~40
팩   스   (02)3159-9637

ISBN 978-89-6023-139-9 03810

그대 있기에 먼 곳에 그리움

정우찬

머리말

'그대 있기에 먼 곳에 그리움.' 사람은 누구나 그리움을 간직하고 산다. 그 대상이 첫사랑 연인이든 잃어버린 고향에 대한 향수든 가슴속에 순수한 한을 묻고 산다는 것이 사람을 아름답게 보이는 까닭이 아닐까 생각된다.

나는 그러한 한을 풀기 위해 젊은 시절에 배낭 하나 달랑 메고 끝없이 펼쳐진 바다나 계절의 아름다움을 찾아 여행을 다녔다.

여행이란 때로는 현실도피 행각이며, 자유로움 속에 안식을 제공하기도 하며 인생을 기름지고 넉넉한 여유를 갖게 하는 수단이기도 하다.

작렬하던 태양아래 달구어진 모래사장의 열기만큼 젊음을 불태우던 평생 잊지 못할 추억 어린 이야기들을 만든 것도 여행이란 단어가 있었기에 가능하지 않을까 생각된다.

나는 이러한 여행의 경험에 의해 미력하나마 글을 쓸 수 있는 소재를 얻을 수 있었고 이십 수년간 교직생활을 하면서 느끼고 젊은 제자들에게 위안을 줄 수 있는 글을 적었다.

내가 좋아하는 구절의 하나는 '역경은 도전하는 자에겐 순종하고 회피하는 자에겐 잔인하다' 라는 말이다. 나의 스승이 그랬듯이 나 역시 우리 후진들에게 던지고 싶은 말이다. '삶이란 반드시 대가를 지불한다.' 그것이 자의든 타의이든 어떠한 형태로 지불하게 마련이다.

인생을 살다보면 때로는 심한 상처나 좌절감을 경험할 때도 있으리라. 상흔은 무심한 세월에 의해 치유되는 것인가? 어우러져 살아가는 세상, 나는 모든 것들을 용서하고 함께 작은 행복이나마 같이할 사람들을 태워 떠나고 싶다.

아! 그리운 사람들, 보고 싶은 사람들이여! 자신도 모르게 탄식 소리와 함께 밀려오는 얼굴들, 내 꿈과 희망 그리고 세월의 역정 속에 잊어진 모든 부질없는 추억들을 다시 종이배를 접어 그리운 모든 사람들을 태워 먼 옛날로 여행을 떠난다.

어느 듯 짙은 안무와 함께 어둠이 몰려오고 담 넘어 토장국 냄새가 시장기를 돋우며 아득한 옛날로 나를 이끈다.

2007년 9월

정 우 찬

Ⅱ 사람 사는 이야기

I
여 행

　　간밤에 내리던 굵은 빗줄기는 내 마음의 한 곳을 두들기면서 언제 그랬느냐는 듯이 쾌청한 얼굴을 내밀고 있다. 어둠이 지나 새벽이 오고 다시 알 수 없는 시간의 태엽이 또 다른 시간과 공간 속에 우리들의 운명을 안내한다.

　이토록 내가 그녀에 대한 사랑에 집착하는 것은 그녀를 바라보고 있는 순간만큼은 이 세상 아무런 부러움도 아쉬움도 없기 때문이다. 그녀는 매력적이고 얼굴 속에 풍기는 순수함 그 자체가 시골의 한 학생이 그토록 갈망하고 염원하던 여인상이었기에 오직 나만이 모든 것을 투자할 수 있다고 느꼈다.

　대학을 나이보다 한해 늦게 들어갔지만 그래도 서울에서 학교 생활을 할 수 있다는 것은 꿈같은 현실이었다. 많은 이상과 꿈을 가지고 있는 청소년들이라면 누구나 서울 생활을 동경하고 한번쯤 생활해보고 싶은 욕망을 갖고 있었다. 나 역시 그런 생활을 할 수 있었던 것도 주변의 도움이 있었기 때문이었다.

대학 1학년 생활을 정신없이 삼사 개월 보낸 오월 어느 일요일이었다. 새롭고 바쁜 일정 속에서도 객지 생활에서 오는 향수는 마음 한 구석에서 일어나는 사치스런 바람이었는지 모르지만 그래도 고향에 한번쯤 다녀오고 싶은 마음으로 간절했다.

내 고향은 부산 가까운 농촌이었다. 그러나 내 호주머니 사정을 생각하니 어려운 상태였다. 시골 장학금이 올라오려면 아직도 한 달의 절반이 남았다. 지난달의 용돈은 학과단합대회와 여러 차례 미팅을 했던 관계로 주머니 사정이 그렇게 썩 좋지 못하였다.

그래서 나는 양평에 있는 외갓집에 다녀오기로 마음을 먹고 청량리역으로 갔다. 일요일 아침이라 그런지 중앙선과 경춘선 열차의 시발지인 청량리역은 사람들로 인산인해를 이루고 있었다. 얼룩덜룩한 원색의 화려한 옷차림이 여행객들의 발걸음을 무척 가볍게 보이게 했다. 때로는 주말에 등산이나 여행을 한다는 것이 어쩌면 그들이 살아가는데 커다란 활력소가 될 지도 모른다는 생각이 들었다.

서울이란 참으로 방대한 도시이면서 공해가 엄청나게 심한 도시라는 생각이 항상 들었다.

종종 친구들이랑 무교동 막걸리 골목에서 출발해 네온사인이 휘황찬란한 명동의 밤거리를 누비다보면 그곳은 젊은 사람들의 천국이라 해도 과언이 아니었다. 친구들과 어깨동무를 하고 노래를 부르며 지나가는 녀석들과 어두운 골목길 후미진 곳에서 허리를 굽혀 구역질을 하고 있는 녀석들이 있는가하면 남녀학생들이 포옹을 하며 자신들만의 시간을 누리고 있는 커플들도 있었다.

우리들은 싼 술집을 찾아 여기저기 다녔고 그때마다 취기가 머리끝에 올라 횡설수설하면서 돌아다녔던 모습이 생각난다. 처음에는 별천지 같은 생각이 들었지만 두세 번 반복된 이런 생활이 젊은 우리들을 타락의 길로 인도하고 있음을 느꼈다.

그래서 나는 언제라도 이 도시를 탈출하는 것이 휴식이요, 타락으로부터 나를 구원하는 길이라 믿었다. 역사 밖으로 길게 늘어진 행락객들의 대열에 동참하여 개찰을 하고 자리를 찾아 앉았다. 많은 인파 속에 내가 앉을 수 있는 공간이 있다는 것이 참으로 다행스럽게 생각되었다.

내가 탄 기차는 팔당댐이 있는 남한강변을 지나 양평까지는 강변을 끼고 달리는 까닭에 차창 바같의 경치는 초록빛 완연한 녹색의 싱그러움을 주는 계절답게 모든 것이 희망적이고 활기찬 모습들로 참으로 아름답게 느껴졌다.

열차는 서서히 양평 역사에 닿았다. 서울에서 60여㎞ 떨어진 이곳은 주변에 군부대도 많고 남 · 북이 대처해 있는 시점에서 한강 이북은 개발의 가치가 거의 없었던 탓에 시골의 티를 벗지 못했다.

뿐만 아니라 역은 시내로부터 좀 후미진 곳에 위치하고 있었다. 역 앞에서부터 양쪽으로 늘어진 짙은 플라타너스 나무들은 5월의 싱그러움을 주기에 충분히 인상적이었다. 언제나 와 보아도 정겹게 느껴지고 무척 조용한 시골의 역사였다. 외가댁은 역에서 걸어서 20~30분 정도 걸리는 거리에 있었다.

나는 둑길을 따라 길게 도열된 플라타너스 그늘 아래로 무심코 걷고 있었는데 내 뒤에 한 아가씨가 다가와 길을 물었다. 그 아가씨의 얼굴을 바라보았다. 화장기 없는 순박한 얼굴에 꽤 미인이었다. 억지로 표준말을 쓰려고 하였지만 억양으로 보아 틀림없는 아래 지방의 경상도 사람처럼 느껴졌다.

나는 이곳 지리에 익숙하지는 못하지만 외가댁에 몇 번 머물면서 그녀가 묻고 있는 곳을 본 적이 있었기 때문에 그녀가 물어본 곳을 안내할 수가 있었다. 잠시 동안 둘은 말없이 걸었다.

사람의 만남은 우연의 일치에서 만들어지는 것이 아닐까하고 생각하면서 지금 나에게 주어진 우연을 인연으로 만들어 보고 싶은 생각이 뇌리를 스쳐 지나갔다.

그래서 낯선 남녀 간에 우연히 만나 아무런 의아심 없이 자연스럽게 대화를 나눌 수 있는 화두의 공통점이 무엇인가를 먼저 생각했다. 나는 억양이 서로 같음을 알고 그녀의 고향에 대해 물어보았다.

"혹시 고향이 남쪽이 아닙니꺼" 하면서…….

신작로 앞에 외숙모님이 나를 마중 나오시는 바람에 만남의 시간은 너무나 짧아 서로에 대한 신상도 제대로 밝히지도 못하고 그리고 이름도, 어떤 약속도 하지 못하고 헤어졌다.

그 날 그녀와 헤어진 후 나의 머릿속에는 온통 그녀에 대한 생각뿐이었다. 답답한 마음을 식힐 겸 남한강변의 모래사장을 밟으며 나는 생각했다. 아까 만난 그 아가씨를 서울로 되돌아 갈 때 꼭 만났으면 좋겠다는 생각을 하며 급히 외갓집에 와서 양평역에 전화를 했다.

서울행 기차는 오후 5시, 8시, 그리고 밤10시경에 있었는데 내 짐작으로 오후 5시차가 상경시간으로 적당한 것 같아 하루를 머물고 가라는 외숙모의 권유에도 불구하고 집을 나섰다. 외동아들인 외사촌 형이 군에 입대했던지라 사람이 무척 그립다는 외숙모께 미안한 마음을 가지면서 인사를 하였다. 굳이 만류함에도 불구하고 오천 원을 내 호주머니 속에 넣어 주셨다. 내 한 달 용돈이 만원이었으니 꽤 많은 돈이었다. 감사하다는 인사를 하며 자주 놀러오겠다고 약속을 했다.

나는 그녀와 걸어오던 길로 되돌아왔다. 오전에는 무척 짧게 느껴지던 거리가 무척 지루하고 먼 느낌이 들었다. 역에 도착하여 승차권을 끊고 플랫폼으로 나섰다.

그곳에는 이삼십 명의 승객들이 대기하고 있었지만 그녀의 얼굴은 보이지 않았다. 행여나 싶어 대기실 안을 둘러보았지만 역시 없었다. 아직도 기차가 도착하려면 십오 분 정도의 시간적 여유는 있었다.

조금 있으니 눈에 익은 한 여인의 모습이 눈에 들어왔다. 나의 심장이 멎는 것만 같았다. 오, 주여! 나에게 정말 좋은 인연을 주신 오늘 하루를 감사히 받아 드리겠다고 다시 한 번 마리아께 감사를 드렸다. 이렇게 해서 나는 우연의 만남을 인연으로 만들어 그 날부터 하루가 멀다시피 그녀와 만남을 가졌고 둘이서 많은 여행을 하였다.

하루 종일 같이 시간을 보내면서도 그녀를 배웅하고 돌아올 때면 언제나 허전한 마음이 앞섰고 그러기에 밤이 늦도록 그녀에게 보낼 편지를 쓰면서 젊음을 불태웠다. 그러나 그토록 행복한 만남 뒤에 이별이 온다는 것을 우리는 짐작도 못했지만 그 뒤 서로 작별 인사도 없이 우리는 헤어졌다.

내가 최소한 그녀에게만큼은 순수한 감정에 몸부림 쳤기에 그토록 접근을 하지 못하고 많은 날들을 갈등과 번민 속에 괴로워하며 이별다운 이별을 하지도 못한 채 우리는 서로의 행복을 마음속으로 빌며 돌아서야 했다.

그러나 인간의 운명이 어찌 마음대로 되리요마는 그 후 많은 재회를 위한 노력을 하였지만 결코 만남이 이루어지지 않은 불우한 운명 역시 우리들의 몫이니까 순순히 순종하며 오늘까지 살아 왔는지도 모르겠다.

아! 그리운 여인, 가슴에 묻어 놓고 평생을 생각하며 살아가도 그녀에 대한 나의 감정은 아름다웠던 추억으로 기억되리라. 이토록 말 없는 이별이 주는 아픔 속에 일생을 살아가면서 후회와 번민의 연속사이에 결코 행복해질 수도 행복할 수도 없는 주인공의 심사가 되어 마음 깊숙한 탄식이 되어 소월의 시 한 구절을 읊조린다.

산산이 부서진 이름이여!
허공중에 헤어진 이름이여!
불러도 주인 없는 이름이여!
부르다가 내가 죽을 이름이여!

심중에 남아 있는 말 한마디는
끝끝내 마저 하지 못하였구나.
사랑하던 그 사람이여!
사랑하던 그 사람이여!

나는 외삼촌이 있었기에 그녀와의 만남이 이루어졌던 양평 땅을 영원히 잊을 수가 없다. 지금은 모두 떠나고 없지만 잠간의 시간을 마련하여 그분이 잠든 군립 공원묘지를 찾았다. 남향의 언덕에는 적막감과 쓸쓸함이 감돌았다. 장례식 때 와보고 십 수 년이 지난 날 묘지를 찾는다는 것 자체가 쉬운 일은 아니었다. 어렴풋이 기억에 남는 것은 양지바른 언덕과 주변에 큰 바위가 있다는 것뿐이었다. 한 시간이 넘도록 찾지 못해 되돌아 갈까하는 망설임에 그래도 여기까지 찾아왔는데 싶어 다시 기억을 더듬어 겨우 묘지를 찾았다. 그분 앞에 국화 한 다발을 놓고 절을 하고 돌아섰다.

우리들의 생명이 얼마나 될지 모르겠지만 부질없는 상념 속에 허무한 마음만 가지고 돌아 설 수밖에 없었다.

내가 외가댁에 처음 가보았던 것은 중학교 3학년 겨울방학 때였다. 얼굴도 모르는 외할아버지께서 돌아가셨기 때문에 어머니 따라 처음 와 보았던 것이다. 무척 인상이 깊었다. 부산에서는 겨울이 되어도 눈 구경을 제대로 할 수 없는데 이곳은 겨우 내내 눈이 쌓여 오히려 사람이 생활하기에 귀찮을 정도였으니까.

원래 외가댁이 이곳은 아니었다. 외삼촌은 경상도에서 출생하여 그곳에서 고등학교를 졸업하고 경찰에 투신하였다. 검도의 유단자로 지리산 빨치산 토벌대로 활동하여 계속 경찰에 재직하고 있었던 까닭에 양평으로 전근 와서 근무하신 지가 이십 여 년이 되도록 고향으로 갈 수 없어 결국 이곳에 정착하신 셈이다.

양평 경찰서 정보 과장으로 재직하고 계시면서 매사에 철두철미하여 부하들의 조그마한 잘못도 묵인하지 못할 만큼 강직하신

분이기도 했다. 절대 불의와의 타협을 모르셨고 부의 축적을 위해 어떠한 부정행위도 할 수 없는 그런 성격의 소유자였다.

그만한 직책에 계시면서 이삼년 전까지 남의 집에 더부살이를 하다가 그 집주인이 서울로 이사 가면서 외삼촌한테 떠안기다시피 해서 헐값에 집을 겨우 장만하였다.

아마도 그럴 것이 멀리 고향을 떠나 계시면서 해마다 고향의 누님(나의 어머님)께 애써 마련하신 한약재를 봄, 가을 보내시곤 하였다. 그처럼 자상하시고 불행한 이웃을 보면 박봉을 털어서라도 도와야 직성이 풀리는 인정 많고 봉사정신이 투철하신 분이기도 하다.

그러나 "병 앞에 장사 없다"는 말이 있다. 그렇게 강직하시던 분이 과로에 의한 뇌졸중으로 쓰러져 투병 생활을 하시다가 산화하셨다. 그때 외삼촌과의 정리를 생각하면서 몇 자 적어본다.

남한강 물결이 도도히 흘러내리고
영산의 젖줄이 샘솟는 용문산 자락
당신이 그토록 소중히 여기며
정성스레 씨앗을 뿌리던 이 땅에 와 있습니다
이 땅에 묻혀 고인이 되신 지도
어느덧 십 수 년

따뜻하고 정든 고향을 떠나
공직에 투신하시어
오직 정직과 강직한 성품으로

영욕과 불의의 .타협을 모르고
한 점 부끄럼 없는 삶을 영위하시며
민생 치안을 위해 산화하신 당신
오늘을 살아가는 자신에게 큰 별이 되어
가슴 깊숙이 남아 있습니다

밤하늘의 고요를 뚫고
열차가 기적을 울리며
먼 행로를 달리고 있습니다
도시의 밤하늘에서 볼 수 없는
초롱한 은하수 별자리는
우리들의 흔적을 까마득히 묻어 버리고
어두운 그림자만 드리울 뿐입니다
스며드는 산산한 바람에 느껴지는
온후한 삶의 역정들이
당신이 떠난 지금
너무도 큰 자리 메김 하는 것을 이제사 알았습니다

그래 그랬다. 우리는 첫눈이 오면 십진법의 열자리 숫자 연도에 청량리역에서 10시에 만나 우리들의 추억이 새겨진 춘천행 기차를 타고 가기로 약속했다. 그러나 십진법의 열자리 연도를 두 번이나 보내면서 내가 서울에 살지 않은 까닭을 핑계로 우린 만날 수가 없었다. 아니 어쩌면 그녀의 행복을 빌며 나만의 아름다움 추억으로 가슴에 묻어두기로 했는지도 모르겠다.

그녀를 만나 경춘선을 타고 호반의 도시 관문인 강촌에서 눈을 맞으며 둘이 걷던 추억이 있었다. 하얀 눈에 뒤덮여 있는 그곳 자연의 아름다움을 어찌 말로 표현할 수 있으리. 특히 호반의 도시 춘천에 가까워질수록 북한강과 어우러져 추위에 얼어붙은 호수 위에 눈으로 쌓인 설원을 바라보노라면 설국이 따로 있을 수 있는가 하는 느낌이 들었다.

하얀 눈 속에 묻혀버린, 다시는 이루어질 수 없는 추억을 간직하고 산다는 것은 아름다운 생을 살아간다는 또 다른 의미도 있으리라 생각된다.

그것이 꼭 남녀 간에 이루어지는 사실이 아니라도 누구나 한가지쯤의 추억은 소중히 간직하며 살아가고 있다고 생각한다. 앞으로 십 년, 아니 이십 년 후의 시간이 될지 모르지만 꼭 한번은 만나야 될 사람이 있기에 첫 눈이 내리기를 기다리며 살아가는 의미가 더 있는지 모르면서…….

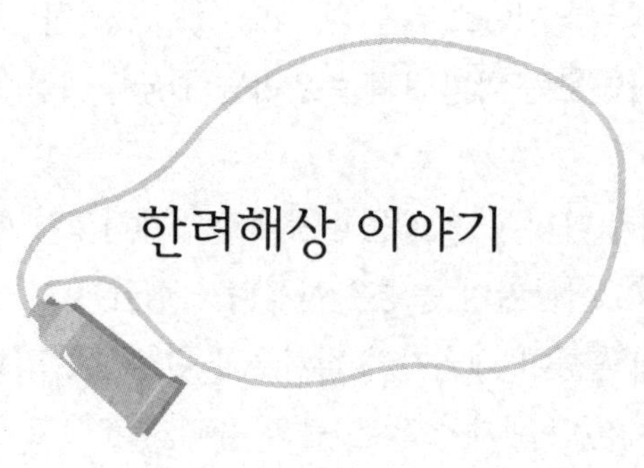

　　사람은 항상 부족하고 모자라는 면이 많이 있다고 생각이 된다. 그래서 그러한 욕구와 욕망을 충족시키기 위해 부단한 노력을 하고 무엇인가 충족시킬 수 있는 어떤 것을 찾는데 많은 경험과 노력이 필요하다. 그런 점에서 본다면 바다는 무한한 실현 가능성을 가지고 우리들을 포용하고 있다.

　뿐만.아니라 바다는 외적인 평화로움이나 아름다움이 우리들에게 무한한 가능성과 잠재력을 깨우쳐주기 때문이다. 때로는 무서운 노도와 같이 채찍질하고 역경을 일러주며 자연에의 순종도 가르쳐주기도 한다.

　나는 그러한 바다를 바라보며 배를 타고 가면서 자연의 아름다움에 마음껏 도취되고 여행에서의 모든 경험들을 인생의 텃밭으로 생각하는 바다 여행을 즐거워한다.

　특히 통영에서 시작하여 여수의 앞 바다까지를 한려수도라고 칭송하고 있는 다도해상에 있는 섬들은 언제나 가보아도 아름다운 리아스식 굴곡해안으로 높은 산도 없고 잔잔한 물결 속에 육지 끝에서 바라보는 망망대해는 우리들의 꿈을 마음껏 담기에 충분하다.

그래서 내가 다녀온 몇 곳을 나름대로 소개하고자 한다.

한려수도의 시발지인 통영은 아름다운 섬들과 자연 경관을 가지고 있기에 훌륭한 예술가와 작가들을 탄생시켰고 또한 임진왜란의 주 무대였던 관계로 많은 문화 유적지를 갖고 있다는 것은 너무도 잘 알려져 있는 사실이다.

지금은 통영 여객 터미널이 옮겨갔지만 예전에 어시장속에 있을 때는 '충무 할매 김밥' 을 맛 볼 기회가 많았다. 맛깔스럽게 담근 깍두기와 꼴뚜기무침에 참기름 바른 김밥에다 곁들여 먹으면 맛있는 충무김밥이 된다. 이 김밥은 전국적으로 잘 알려진 먹을거리임에 틀림없다.

통영시에는 크고 작은 섬들이 대단히 많다. 그중에서 우리들에게 너무도 잘 알려진 섬 몇 곳을 소개할까한다.

통영에서 배로 한 시간 남짓 걸리는 곳에 욕지도라는 섬이 있다. 이곳은 예로부터 불교설화를 대체적으로 많이 가진 섬이다. 욕지도는 행정구역은 통영시 욕지면으로 상·하대도, 두미도, 우도, 연화도 등 12개의 유인도와 27개의 무인도로 되어 있다. 예전에는 자연 방사된 사슴이 많다고 하여 '녹도' 라고 불렀다고도 한다. 가까이 있는 비진도와 더불어 온대식물로는 유일하게 관엽식물로 가꾸고 있는 팔손이나무의 자생지이며 모밀잣밤나무가 천연기념물 제343호로 지정되어 있기도 하다. 또 예로부터 고구마를 많이 재배해왔다. 고구마를 얇게 썰어 말려서 만든 것을 경상도 사투리로 '빼데기' 라 하여 가루를 만들어 죽을 쑤어 먹기도 하고 쌀이나 보리 대용으로 겨울철 주식으로 이용하였다. 강원도 하면 강냉이가 생각나듯 욕지도하면 고구마가 이 섬의 주식으로 한 때는 없어서는 안 될 중요한 농산물이었다.

섬 주변은 천혜의 낚시터가 많아 강태공들이 연화도 ,매물도 주변에 배를 빌려 타고 가 낚시를 즐긴다. 특히 볼락 철이 되면 배 위에서 낚는 줄낚시에 7-8마리가 한꺼번에 물려 올라오는 즐거움은 낚시를 즐겨보지 않고는 느낄 수 없는 쾌감이다.

어느 여름철에 비진도로 피서를 갈려고 하다가 그곳은 너무 많은 피서객들이 몰려 혼잡한 것 같아 욕지도에 간 적이 있었다. 섬 주변에는 크고 작은 해수욕장이 두 서너 곳이 있지만 덕동 해수욕장에서 야영을 하였다. 그날따라 밤늦게 심한 바람이 불고 곧 비가 매우 솟아질 것 같아 세찬 바람에 텐트가 도저히 지탱할 것 같지 못해 어쩔 수 없이 철영을 하여 민박을 하였다. 아니라 다를까 심한 비바람은 민박집을 찾아 여장을 풀기도 전에 폭우로 쏟아져 안도의 한숨을 쉬게 하였다. 그때 해수욕장 뒤편에 있는 마을 성황당 고목에 걸려 있는 오색 천들이 나부끼는 모습을 보면서 어부의 아내가 된 심정으로 몇 자 적어 보았다.

성황당 고목에 기도하며
돌탑을 정성스레 쌓는
어부 아내의 염원을 읽듯
바람결에 오색천이 나부끼며
먼 바다 일렁이는 세찬 파도를 타고

밤배는 만선을 기약하며 떠나간다

흐트러진 도심 하늘에
바라볼 수 없는 별들이 초롱이 반짝이고
부서지는 파도의 뿌연 안무는
잃어버린 젊은 날들의 향수가 그리워
욕지도 덕동 해변에 텐트를 치고
끝없이 밀려오는 파도 속으로 빠져든다

주변 젊은이들의 광기 어린 노래 소리
어린 아이 떠드는 괴성도
이 한밤의 멜로디로
밀려왔다 사라지는 파도처럼
허공을 날리며 흩어진다

밤이슬이 온 대지에 축축이 내려
아침 햇살에 사라지고
모래 위에 새겨진 발자국
밀려든 파도에 씻겨버린다

　　욕지도에서 동남쪽에 위치한 매물도는 본섬인 대매물도와 소매
물도, 등대섬, 대구을비도, 어유도, 홍도 등을 아우르는 지명이다.
　　그 중에 소매물도는 경치가 해금강 못지않게 아름답다고 하여
해금도라고도 부른다. 낭떠러지 절벽사이에 진시황의 신하들이

9척의 배에다 3천여 동남동여를 데리고 불로초를 찾아왔다가 소매물도의 아름다움에 반해 '서불과차' 라는 글을 새겼다는 글귀가 아직도 아련한 전설을 갖고 남아 있다.

소매물도의 정상인 망태봉으로 올라가 보면 산등성이에 동백숲으로 빽빽이 둘러싸인 폐교가 평화롭고 단아했던 과거를 연상케 한다. 지금은 찻집으로 사용하고 있지만 여름철이 되면 이곳 주변에 텐트를 치고 야영을 할 수가 있는 곳이다. 비록 정상은 아니지만 온 사방을 둘러볼 수 있고 동백 숲으로 둘러싸여 남도의 실낙원으로 원색적인 쾌감을 누릴 수 있는 장소가 아닐까 생각이 된다. 망태봉 정상에는 해적들의 동정을 살피던 망루가 원형의 벽체만 남긴 체 흉물스럽게 남아 있다. 정상에서 바라보이는 대매물도, 어유도, 가왕도, 대덕도, 소덕도, 남쪽 끝 수평선 위에 아스라이 보이는 섬, 파도도 쉬어간다는 홍도 등의 섬들이 한 눈에 들어온다.

그리고 전망권이 좋은 날이면 이곳에서 거제도 앞 바다에 있는 국도와 대마도까지 보인다고 한다.

소매물도의 등대섬은 본도와 열목개를 사이에 두고 떨어져 있다가 간조 때가 되면 '예수의 기적' 이 일어난다는 땅 끝 마을처럼 두 섬이 한 몸이 된다고 한다. 열목개가 있는 자갈 사장은 물이 너무 맑고 깨끗하여 손이라도 적시고 가야 뒤돌아보는 후회가 없다.

민박집 주인아저씨가 운행하는 유람선을 타고 섬 일주를 하는데 소요되는 시간은 30분 정도 걸린다. 등대까지 올라갔다 오면 30여 분 더 소요된다. 병풍바위, 형제바위, 용바위, 촛대바위 등의 온갖 형상석들이 비바람에 깎기면서 남도의 바다를 수호신처럼 지키며 오늘도 여행객들을 기다리고 있다.

등대에서 아래로 내려다보이는 곳에 부처바위가 있고 그 옆에 3개의 암벽 봉우리가 솟아 있는데 그 아래 '서불과차' 라는 글귀가 새겨져 있다.

배가 닿는 방파제 위에는 부이를 띄워 해녀들이 자맥질해서 잡아온 전복, 소라, 자연산 멍게 등을 여름철에는 천막을 쳐놓고 관광객들에게 판다. 이곳의 돌미역은 유명한 특산물이기도 하다. 뿐만 아니라 천혜의 갯바위 낚시터는 강태공들로 하여금 괴물(돔, 농어, 볼락 등)을 끌어올리는 짜릿한 손맛을 기다리고 있다.

통영 입구에 있는 부두에서 삼사십 분쯤 배를 타고 가면 도착되는 사량도는 행정구역이 통영시 사량면에 속하고 3개의 유인도와 6개의 무인도로 되어 있으며 이곳으로 가는 뱃길은 통영과 공룡의 발자국이 있는 고성 상족암에서 가는 방법이 있다.

사량도는 상도·하도 두 섬으로 되어 있으며 길게 늘어진 섬 모양이 뱀과 같다고 하여 어사 박문수가 사량도라고 불렀다는 말과 이 섬에 옛 부터 뱀이 많다고 하여 사량도라 불렀다는 얘기가 있다.

사량도에는 해발400m가 채 되지 않는 지리산과 불모산, 그리고 애틋한 부녀의 전설을 간직한 옥녀봉에 산행을 즐기기 위해 육지에서 주말이면 많은 사람들이 찾아와 방문객의 마음을 숙연하게 만든다.

이야기 줄거리는 대충 이렇다. "먼 옛날 옥녀라는 딸과 홀아비가 살았는데 욕정에 눈이 먼 아비는 딸에게 그 욕정을 채우려하자 옥녀는 천륜을 거역할 수 없다고 하였으나 끝내 말이 통하지 않자 옥녀는 산봉우리에 올라가 아비로 하여금 소 울음을 내어 기어 올라오면 그 요구를 들어준다고 하였다. 인간의 본성을 잃어버린 아비는 '음매' '음매' 하며 소 울음소리를 내고 올라오자 옥녀는 결국 바위 절벽 아래로 떨어져 죽었다 하여 그 바위를 옥녀봉이라 불렀다"는 가슴 아픈 전설이다.

오늘날처럼 성문화가 문란한 시대에 그 전설이 주는 아픔은 더욱 더 성의 고귀함을 느끼게 하는 대목들이다.

섬 여행을 하면서 느낀 것이지만 여름 성수기에는 횟집을 운영하는 섬이 있지만 비수기에는 이러한 집들도 장사를 하지 않거나 아예 활어를 팔지 않는 섬이 많다. 그래서 선창가에 있는 가게에다 이야기해두면 싱싱한 자연산 활어를 싸고 쉽게 구할 수가 있다. 그 구멍가게에는 술이 있기 때문에 그 곳에 어부들이 들리므로 그들이 잡은 고기를 살 수 있는 기회가 있을 수 있기 때문이다. 특히 이곳에서 나는 멸치는 칼슘과 무기질이 풍부하고 빛깔이 고와 대부분 수출을 하고 있다. 요즈음은 섬 일주도로가 잘 개발되어 차를 배에 싣고 와 섬 한 바퀴를 돌아보는 것도 괜찮은 관광이 될 수 있다. 때로는 승용차를 갖고 섬으로 들어갔다가 낚시를 즐기는 사람들로 인산인해를 이루어 귀항 배를 타기 위해 몇 시간을 기다려야 하는 고통을 겪기도 한다. 사량도 방파제 등대 아래 앉아 세 시간 동안 배를 기다리며 몇 자 적어본다.

갈매기 바람물결 따라 허공을 치닫고
외로운 등대 아래 쪼그리고 앉아
화선지 위에 한 폭 수채화를 그려볼 제
덧없는 바람소리만 귓전을 맴도네

빈소라 껍데기 같이 엮어온 인생사
부질없이 뒤돌아보는 모래사장엔
어리석은 발자국만 그득히 남고
하염없는 후회 속에 내 쉬는 긴 한숨은
노을에 스치는 뱃고동이 나를 웃네

해는 서산에 걸려 발길 재촉하건만
외 섬 등대아래 갇힌 오가도 못하는 심사
외로운 등대 불 밝혀 갈매기 친구 되어
이름 모를 포구에서 아버지 애창곡 불며
바람꽃 향기에 시간의 밀알처럼
흙 무너져 버린 언덕 위에
이름 모를 꽃으로 피어나고 싶어라

한려해상국립공원의 중간지점에 해당되는 삼천포는 지금은 사천시로 되어 버렸지만 주변에는 역시 자연 경관이 빼어난 많은 관광지와 유적지가 있고, 남해에서 갓 잡아온 싱싱한 횟감이 풍부하여 많은 사람들이 끊임없이 찾아오는 곳이기도 하다. 시내 중심의 부둣가에 있는 노산 공원은 바다 끝자락에 위치하여 공원 안에 있는 팔각정에서 바라보는 한려수도의 자연경관은 실로 장관이다.

오후의 환상적인 일몰광경과 바로 눈앞에 보이는 학들이 소나무위에 무리를 지어 앉은 모습을 학섬의 아름다움은 이곳이 아니면 보기 힘든 광경이다. 공원을 산책하고 가까이 있는 중앙시장

안에 있는 식당에서 삼천포 정식이나 활어 회를 먹어볼 기회가 있다면 다행이다.

삼천포 어시장에는 1인당 7000원 정도의 정식은 풍부한 해산물과 갈치구이 그리고 활어로 장만한 횟감은 아니지만 그런 대로 싱싱한 생선회를 곁들어 먹는 밥맛은 값에 비해 정말 일품이다.

뿐만 아니라 대진 고속도로가 개통되면서 대전 지역과 서울을 겨냥해서 정비된 어시장에서 먹고 싶은 활어를 장만해서 양념값을 따로 주는 식당을 이용하면 저렴하고 맛있는 생선회를 또한 마음껏 즐길 수 있다.

그리고 삼천포 육지와 남해 섬을 잇는 사장교, 강교, 강아치교, 라멘교(FCM), 박스거어더교 등 5종류의 건설공법과 8개소의 교량으로 건설된 사천대교는 멀리서 바라보기만 하여도 그 아름다운 다리의 모습이 관광명소로 쾌히 발돋움하리라 생각된다.

가파른 언덕 벼랑 길 우에
붉은 낙조 드리워진 그림자
짙푸른 동백 새빨간 꽃망울은 검게 피우며
길손을 맞는다

굽어진 소나무 숲 학들의 보금자리
양지바른 노산 공원 육각 정자에 서서
전설 같은 먼 과거의 닻을 놓는다

숨겨진 가슴 밑바닥 어느 곳에서

용솟음치는 거센 파도 같은 욕망이
항해의 닻을 올린다

멀리 바라보이는
섬과 바다의 연결고리 대 역사는
찬란한 문화유산으로 이어지고
이글거리는 태양
감추어 둘 수 없는 욕망들이
알 수 없는 미래를 향해 나래를 편다

배낭 하나 달랑 메고 끝없이 펼쳐진 바다를 보며 섬으로 여행할 수 있다는 것은 큰 행운이다. 요즈음에는 배를 타도 갑판 위에 올라가서 즐길 수 있는 기회가 적은 게 아쉬움으로 남을 때도 있다. 쾌속선 위주의 배를 운항하다 보니 위험부담이 있어 통제를 많이 하기 때문이다. "살면서 휴식이 필요할 때 떠나 보라." "그러면 우리는 큰 활력소를 얻게 될 것이다." 긴 시간의 여유도 필요 없다. 적은 시간을 쪼개어 기회를 만들어 보라.

작렬하던 태양아래 달구어진 모래사장의 모래 열기만큼 젊음을 불태우던 평생 잊지 못할 추억 어린 이야기들을 만든 것도 바다가 있었기에 가능하지 않을까 생각된다.

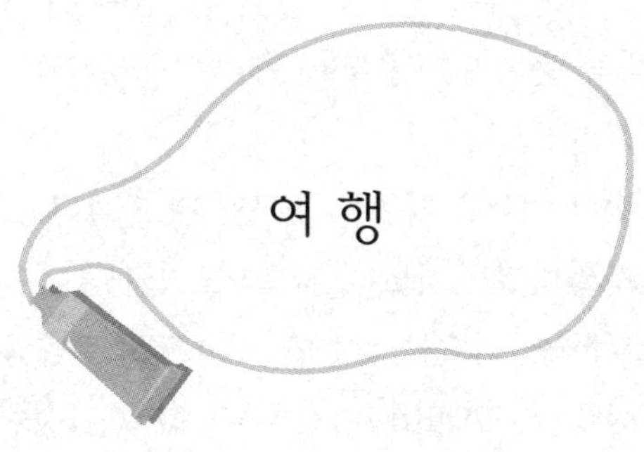

　　내가 여행이란 단어를 처음 접하게 된 것은 고2 때쯤으로 생각이 된다. 여고를 졸업하고 암 투병 중인 누님은 학창시절에 여자라는 이유로 60년대 봉건적 사고를 가지고 있던 부모님들에게 여행이란 단어를 입에도 오르내리지 못할 만큼 완고하게 제지를 당하여 심지어 학교에서 가는 수학여행마저도 참가를 못한 적도 있었다.

　그래도 신세대의 교육을 받은 누님은 얼마나 가슴에 한이 맺혔으면 항상 나에게 "대학을 가면 여행을 많이 다녀라"는 말을 신신 당부 하였다. 특히 투병생활을 하다 보니 마음대로 활동할 수도 없고 제한된 공간 속에 살아가야 하는 답답한 가슴에 친구들과 마음대로 다니지 못한 것에 대하여 더욱 한이 되었는지도 모르는 일이다. 그때부터 나는 마음속 깊이 존재하는 나의 끼를 발산하기 시작하였다.

　나는 산을 좋아했고 그래서 우리나라에서 제법 이름께나 있다는 명산이나 고산 순례를 거의 다 다녔다. 하다못해 섬도 이름 있는 곳은 안 가 본 곳이 없다면 무엇 하겠지만 나름대로 많이 다녔다고 자부하고 싶다.

물론 돈이 많아 여행을 자유롭게 다닌 것도 아니요, 그 당시 우리는 굶주리고 헐벗기는 하였지만 그래도 인심들이 넉넉했다. 그래서 한국 근대사에 나오는 많은 거지들도 구걸을 하며 끼니를 연명하여 생명을 유지하며 살아갈 수가 있었던 것이다. 그러한 인심 덕택에 땡전 한 푼 없이 여행을 할 수 있는 '무전여행' 이란 단어가 성립되었다. 비록 처지는 불우해도 많은 것을 경험해보고 싶고 새로운 발견을 위해 여행을 하고자 했던 것이다.

군부대에서 흘러나온 반합과 항고만 배낭에 넣고 땡전 한 푼 없이 버스운전사와 차장에게 때로는 무작정 지나가는 차를 세워 통사정하면서 여행을 하곤 했다. 원체 교통이 좋지 못한 시절이라 목적지에 가기 위해 많은 길을 도보로 걸으면서 고생한다는 것은 충분히 감수해야 했다. 이러한 여행길에서 생긴 추억담들은 내가 살아오면서도 언제나 많은 힘이 되었다.

그리고 자식들을 키우면서 나는 과거 여행지로 승용차를 태워 여행하면서 과거의 무용담을 애기해주곤 했다. 그들로 하여금 보다 넓고 많은 것을 경험할 수 있는 기회를 제공하고자 함이었다. 그러나 녀석들은 성장하면서 부모와의 여행은 또 다른 장벽인양 회피하였고 부모인 나로서는 조금 섭섭한 마음을 갖게 하였지만 사춘기의 그들을 이해할 수밖에 없었다.

그러한 여행 중에서 무엇보다 재미난 기억의 하나는 직장 동료들끼리의 기차 여행이었다. 내륙지방을 여행해 보려고 김천에서 경북선 기차를 타고 가면서 좌석이 옆으로 길게 늘어선 기차 칸 중앙에 신문지로 자리를 깔고 가져온 소주와 마른안주로 손님들과 얼큰하게 한잔하면서 그들의 인생담을 듣던 기억은 아직도 직장 생활을 하는 나로서는 또 한 번 그런 여행을 하고 싶은 추억을 떠오르게 한다.

여행은 자유로움이다. 현재의 모든 것에서 자유롭지 못할 때 우리는 여행을 할 수가 없다. 나 역시 결혼 생활을 하면서 플래시맨 시절 때처럼 여행을 자유롭게 할 수 없었음이 가장 많은 미련으로 남은 것이 사실이다.

누군가 얘기했듯이 "결혼이란 사람을 자유롭게 하는 것이 아니라 구속하는 수단이다"라는 말이 있다. 결혼이란 혼자가 아닌 둘, 셋, 아니 때로는 넷, 다섯의 종속적 관계가 형성될 수가 있다.

그런 와중에 다행스럽게도 몇 해 전 집을 떠나 열흘 가량 여행을 떠난 일이 있었다. 배낭 하나 메고 집을 나서면서 자유스런 여행이 나에게 줄 행복을 생각하면서 그때의 심정을 몇 자 적어 보았다.

어두운 밤길
바람을 메고 떠나간다
흘러가는 구름처럼
홀로 긴 여로를 향해 떠나간다

스쳐 가는 주마등 불빛은
되돌릴 수 없는 과거를

어둠 속에 묻어버리고
먼 미래를 향해
끝없는 노력을 경주하건만
되돌아오는 허무한 감정

댕겨진 촛불이 다 타오르기 전
무엇인가 남기고 가야하는 중압감 때문에
때로는 잠 못 이루고 몸부림치며
얼마나 많은 연정으로 지냈던가

인생은 미로
부질없는 욕망에 중요한 무엇을 잃어버리며
어둠을 몰고 나그네 마냥 떠나간다
산다는 것
부질없는 미련이란 허물을 버리지 못한
덧없는 욕망의 굴레가 아니겠는가

　여행이란 때로는 현실에서의 도피 행각이며, 안식을 제공하기도 하며 인생을 기름지고 넉넉한 여유를 갖게 하는 수단이기도 하다. 젊은 날에 한두 번쯤 이별의 아름다운 추억들이 있지 않겠는가. 스쳐 가는 버스를 보거나 평행선 철길 위를 달리는 기차를 볼 때 젊은 날의 가슴 깊숙이 간직한 추억을 생각하며 여행을 떠나보면 살아가는 새로운 의미를 느낄 수가 있을 것이다.

젊은 날에 소중한
잃어버린 무엇을 찾으려고
나란히 그어진 평행선 철로 따라
내 몸을 던져본다
되돌아 볼 수 없는 과거지만
그래도 한때 묻혀 진 삶 속에
다시 향할 수 없는 길이기에
얼마나 많은 날들을 돌이킬 수 없는
후회와 번민으로 살아 왔는가

그대가 떠난 그 자리에
더 이상 존재 할 수 없는 까닭에
말없이 돌아서 오던 날
소리 없는 눈물을 얼마나 흘렀던가

숱한 세월이 흘러간 지금
그대도 변하고 모든 것이 변하여도
내 맘에 간직한 연정은 지울 길 없어
달그림자 따라 이 밤도 허공을 떠돈다

젊음이란 시간 속에
시계태엽처럼 되감을 수는 없지만
모든 것 훌훌 벗어버리고 떠난다
넘실대는 파도 따라 항해하고

어두운 밤하늘을 뚫는 기적소리 들으며
다시는 돌아 올 수 없는 길을 떠난다

잔잔한 마음의 위안을 찾아
못 다한 내 젊음의 역정을 따라
어두운 밤하늘 떠도는 구름 마냥
다시는 되돌아 올 수 없는 길을
길들여 진 꼭두각시처럼 이정표 따라
떠나간다

기차 여행의 추억

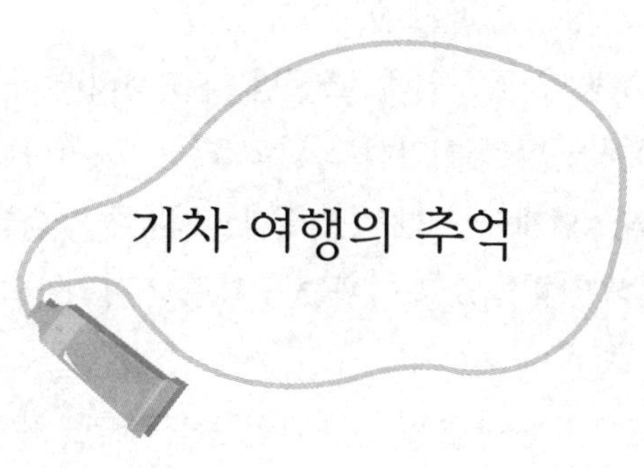

　　기차여행은 나에게 각별한 애환과 사연이 깃 든 매개 체로서 충분하다. 그녀를 처음 만날 수 있었던 것도 대학 1학년 때 외가댁으로의 기차여행길에서였고 그 후 우리는 철도를 이용해 많은 여행을 하였다. 휴일이 되면 교외선을 타고 송추 계곡을 거쳐 밤늦게 돌아도 오고 확 트인 바닷가 모래사장이 보고 싶어 수인선 기차를 타고 가보았지만 서해의 바다는 갯벌로 널려 있어 실망 속에서 그래도 둘 만의 오붓한 시간을 가진 것을 위안 삼았으며, 안양과 수원 등지로 계절 따라 포도며 딸기를 사 먹으려 다니면서 젊음을 만끽하는 후회 없이 지낸 시절도 있었다.

　　이러한 시간 속에 졸업학기를 맞았고 마지막 현장 실습을 경기도 양주에 있는 선배님이 경영하시던 젖소 사육농장으로 떠났다.

　　친구들이랑 처음 사육해보는 젖소는 우리들에게 덴마크의 전원적 풍경을 연상시키기에 충분했다. 처음 그곳에 들어갈 때 많은 어려움과 고생을 했지만 생각보다 번식이 잘 되는 젖소 사육

농가로서 어느 정도 기반이 잡혀가고 있었다.

선배님은 부농의 꿈을 위해 "조금만 더 고생해 달라"는 말을 할 때마다 아내에게 항상 미안하고 남편을 잘 못 만나 고생시키는 것에 대해 안쓰럽게 생각하고 있었다. 그러나 우리들이 보기엔 기반이 확실히 잡혀있었고 이제는 수확만 기다리는 농부의 모습과도 같았다.

4주간의 실습이 끝나던 날 선배님이랑 우리들은 헤어짐이 아쉬워 아침부터 이별의 술을 양껏 들이켰다. 한가하고 조용한 풍경, 냇가엔 맑은 물이 흐르고, 흘린 땀만큼 노력의 대가가 지불되는 농촌에 살고 싶은 마음이 간절했다. 친구들이랑 선배님과 이별을 하고 오면서 맑은 냇가에서 멱도 감고 그리고 우리들끼리 한 잔의 술을 더 들이켰다. 이제 헤어지면 졸업 때나 만날 수 있으리라 생각했기 때문이었다. 내 자신도 몸을 가누지 못할 만큼 취했다.

나는 덕소역에 도착하여 양평행 기차를 탔다. 외가댁에 가서 집으로 가기 전에 들려 인사를 하고 가고 싶었기 때문이다. 차표를 끊고 자리에 앉았다. 평일이라 비교적 기차 내는 한산한 편이었다. 아직 취기가 가시지 않았다. 실습에서의 피로함과 긴장에서 안도감 그리고 알코올이 주는 해방감 등이 작용하여 나도 모르게 잠이 들어 긴 꿈을 꾸고 있었다. 문득 잠에서 깨어보니 새벽 2시. 기차를 탄 시각은 오후 6시경, 얼마를 온 것인가? 그리고 이곳은 어디쯤인가?

주변은 온통 칠흑과 같은 어둠이었다. 잠시 후 기차가 멎은 곳은 '증산'이란 지역이다. 안내 방송에는 다음 역은 태백선의 종착지인 '황지'라고 했다. 어안이 벙벙했다. 아무리 좁은 땅덩어리라 해도 처음 들어보는 이곳까지 들어왔다는 게 믿어지지 않았다. 그때 내 머리 속에 스쳐 가는 예리한 지혜가 있었다. 오히려 "참 잘되었다"고 생각했다. 일부러 이곳에 오기도 힘든데 좀 더 많은 것을 경험할 수 있는 좋은 기회라 생각했다. 그리곤 종착역까지 가기로 생각했다. 어차피 새벽 2시에 내려보았자 갈 곳도 없고 다시 나간다고 해도 이 기차 이외에 어떤 다른 교통수단이 없다고 생각이 되었다.

황지역(현 태백시)에 도착한 시간은 새벽 3시40분쯤 되었다. 탄광촌이라 그런지 주변은 칠흑 같은 어둠속에 저쪽 건너 편 산언덕에서 비취어오는 불빛과 간혹 백열전구에 반사되어 오는 판자집 투영들뿐이었다.

도시에서 볼 수 있는 건물빌딩의 그림자는 눈에 들어오지 않았다. 우선 먼저 해결해야 될 일이 닥쳐왔다. 승무원에게 표를 주니 눈이 휘둥그레진다. 나는 역 사무실에 가서 지금까지의 사정을 얘기하면서 학생증을 그들에게 제시를 했다. 그래도 양평에서 여기까지 무임승차에 해당이 되니 2배의 할증료를 내라고 했다. 호주머니에는 그만한 여유 돈도 없지만 줄 수도 없었다. 통사정을 했다. 지금 바로 하행선 열차를 탈 테니 할증료만큼 면제해 달라고 사정을 했다.

아직 시골의 인심이란 그런지 나의 사정은 그들에게 동정심이 유발되었고 나는 곧바로 제천까지 표를 끊어서 내가 타고 왔던 기차에서 출발 때까지 기다렸다. 동이 터 올랐다. 주변은 탄광촌답게 석탄더미로 쌓여있었다. 길거리 온통 시꺼먼 비포장도로에 불빛에 어스레 보이던 촌막 들이 하나 둘 눈에 보였다.

강원도 산골짝 그것도 말로만 듣던 태백 탄광촌을 본의 아니게 훑어보고 떠난다. 언젠가 꼭 다시 올 것을 약속 하면서, 생활 주거지는 아마도 역에서 동떨어진 곳에 있는 양 마을은 보이지 않았다.

그래도 잠깐의 실수로 이곳에 와 볼 수 있었다는 생각에 오히려 잘되었다고 생각했다. 이렇게 태백선 기차를 타고 황지 역을 출발해 제천으로 오면서 영월에서 하차하여 단종 애사가 서린 청령포며, 고씨동굴을 구경하며 귀향하던 때도 있었다.

최근 잊지 못할 기차 여행을 할 수 있었던 것은 직장에서 선발되어 기다리고 원했던 해외 연수, 즉 네덜란드에 3 개월간 연수를 갔을 때 일이다. 그곳에서 한 주일의 연수 일정은 월요일 오후에 시작하여 금요일 오전에 끝난다. 선진국의 5일제 근무 덕택에 금요일 오후부터 월요일 오전까지 3박4일간의 주말여행은 우리들에게 큰 원동력으로 작용하였다. 한국을 떠나기 전에 유레일패스 2개월짜리를 끊어 갔기에 거미줄처럼 엉겨있는 유럽 17개국을 여행할 수 있는 절호의 기회로 삼았다.

그 기간 약 8차례에 걸친 주말여행은 유레일패스를 이용해 어림잡아도 2-3만km 정도를 기차 여행했다면 과연 믿을 수 있을까? 그렇다 분명히 그 정도의 여행은 했던 것임이 틀림없다. 여행 중에 대부분의 숙박은 기차 내에서 해결하며 짧은 시간동안 내 자신이 흔적을 남길 수 있는 긴 거리를 여행했다. 남부 유럽의 이탈리아에서 수상도시 베네치아, 소렌토, 나폴리, 로마, 바티칸시국 그리고 니스 해안선 따라 펼쳐지는 지중해의 아름다움과 스페인 바르셀로나를 거쳐 테제베(TGV)를 타고 프랑스 파리로 입성하는가 하면 독일국경을 거쳐 북유럽의 스칸디나비아 3국과 동구권

유럽인 헝가리, 폴란드 등의 17개국의 배낭여행은 기차가 있었기에 가능했다. 여행 국가를 상세히 돌아볼 수 없는 안타까움을 남기고 떠날 수밖에 없었던 것이 아쉬움으로 남았다. 시간의 제약 그리고 내 자신의 체력의 한계가 왠지 서글픔으로 다가왔을 때도 있었다. 주말여행을 8차에 걸쳐 하는 동안 5차례 왕복으로 독일 지역을 지나쳤으며 3차례 걸쳐 파리에 입성하였으니 제법 많은 여행을 한 셈이다.

뿐만 아니라 유럽의 많은 도시를 방문하면서 인간의 위대한 승리의 작품들을 보았고, 후손들에게 물려주어야 할 유적, 유물들, 박물관의 소장품, 건축, 조각물 등의 귀중한 재산들이 역사의 오랜 틈바구니 속에서 잘 보존되어 있고 또 유럽 사람들은 서두르지 않고 많은 시간 속에 묵묵히 노력하고 있다는 사실도 배웠다.

누군가가 이야기하듯 인생의 진정한 의미를 알고 싶거든 3등 완행열차를 타고 소주 한 병에 오징어 다리 씹으며 기차 여행을 해보면 안다고 했다. 참으로 기차 여행은 서민들의 애틋한 이야기를 들을 수 있어 더 좋다. 나에게 또 다시 기차여행을 할 수 있는 기회가 주어진다면 언제든지 서슴없이 배낭을 메고 나그네처럼 떠나고 싶다.

산 행

　　나는 주말이면 서너 시간 정도의 시간적 여유가 있으
면 언제나 찾아와 산행을 하면서 삼림욕을 즐기는 곳이 있다. 평
소에 운동이 부족한 편이기 때문에 신어산 산행길이 무엇보다 좋
다. 뿐만 아니라 산이 그리 높지도 않고 원시림이라고 볼 수는 없
지만 그래도 빽빽한 소나무 숲 속에 감추어진 '시인의 숲길'이
있다. 수량의 도장인 두 고찰을 뒤로하며 영구암 암자 쪽으로 오
르는 길 어귀에서부터 세워진 향토 시인들의 시비를 음미하면서
산길을 오르노라면 무엇보다 마음이 차분히 가라앉고, 지나온 시
간에 젖어 볼 수 있는 시간의 여유가 있어 좋다.

　　또 하나는 그곳 시인의 숲속에는 많은 향토 시인들의 시비가 산
재되어 있다. 시비에 새겨진 시들을 읽으며 길을 걷노라면 내 자
신도 표현력이 부족한 글귀이지만 알 수 없는 시어를 구사하며
문학에 대한 열정이 솟아 나오는 까닭에 더욱 좋다. 그리고 많은
향토 시인들의 시비가 있지만 그 중에서 전기수 선생의 시는 나

에게 더욱 더 애착이 가는 글이기도 하다.

선생님과 나는 십여 년 전에 같은 학교에 근무한 적이 있는데 그때 선생의 연세가 회갑에 가까운 나이이면서도 창작활동을 하고 있다는 사실을 잘 몰랐다. 조용한 성품으로 국어교과를 담당하고 있었기에 학교 도서실에서 많은 시간을 보내셨다. 때문에 서로의 대화가 부족하였던 것도 사실이다.

어느 날 선생님께서는 시집을 발간하였고 그 때 건네준 시집을 읽고 선생의 살아온 발자취를 더듬을 수 있었고 그때부터 선생께 많은 호감을 가졌다. 좀 더 내 자신이 일찍 글에 대한 관심과 애착이 있었다면 배움의 길을 얻을 수도 있었을지도 모르는 인연을 갖고 있다.

가파른 산길을 십여 분 올라가노라면 큰 소나무 아래 바위자락에 법어를 새긴 시비가 있다.

그 마음 기쁘고 그 뜻은 깨끗하다
이런 어진 사람은 성인의 법을
들어 그것을 즐거이 행한다
법을 즐기면 언제나 편안하다

법구경에 나오는 돌 새김이다. 인간에게 실천 행동의 행복함을 일러주는 글귀이다. 바위에 앉아 솔바람 가지 사이로 불어오는 하늘거림에 땀을 식히며 그 글귀에 대한 나의 느낌을 짤막하게 표현해 본다.

앙상한 잡목과 소나무 숲을 헤치며
정상을 향한 발걸음은
속세에 묻어진 업보만큼 무거운 데
모든 것 훌훌 벗어버리고 싶은 마음이야
고행도 삶이라 생각하며 인내할 수밖에

뒤돌아보는 경치야
모든 시름 잊게 하나니
굽이굽이 흐르는 낙동강
천혜의 요새 분산성
깎아지른 기암괴석들의
아름다움은 그래도 현세가
살아 갈 가치가 있음을 묵시하듯
탄성을 자아내게 한다
아! 부르짖나니
무병장수에 영원 행복 자손 번성이라

고요하고 적막감이 도는 암자에
고승과 불자 간 곳 없고
스쳐 가는 한산한 바람결에
풍경소리만 은은히 들려오고
감로수 한 모금 봉양하며
신어산 정상에 오를 때
눈 아래 펼쳐진 동리마다

추억 어린 사연들이 많은 데
따사로운 햇살 아래 앉아 모든 시름 잊나니

시비를 뒤로하고 산허리 아래로 펼쳐진 시내 전경들을 바라본다. 세월의 수레바퀴 속에 김해는 내가 태어나 살아가는 곳이기에 어떤 다른 지역보다 애착을 갖고 있다. 산자락 아래에 아담하게 잘 정돈된 두 사찰, 오른쪽으로 보이는 곳이 최근 영화 '달마야 놀자'의 제작지였던 서림사 일명 은하사라 불리는 사찰이다.

본 사찰은 가락국 때 인도에서 건너온 김수로왕의 부인인 아유타 왕국의 공주 허 황후의 오라버니인 장유화상이 창건하였던 절로서 사찰 주변 토기 하나하나가 오랜 역사의 흔적을 느낄 수 있다.

특히 대웅전 수미단에 쌓어 문양은 김해 수로왕릉의 입구인 남릉 정문에도 새겨져 있는 데 이것은 수로왕 부인인 허 황옥이 고향인 인도 아유타국 용왕의 딸임을 표시하기 위해 물고기로 채색하였다고 전해진다.

전설적 이야기이기는 하지만 한국 불교문화의 시초는 인도에서 가야로 전해진 소수 불교문화가 아닌가 싶다. 한편 왼쪽으로 보이는 동림사 역시 장유화상이 창건하여 임진왜란 때 소실되어 최근에 크게 복원하였다. 신어산이라는 곳은 두 사찰에서 볼 수 있듯이 '신령스런 물고기가 있는 산'이란 뜻으로 수천 년의 전설이 서려 있고, 웅장하며 고산은 아니지만 아기자기한 아름다움이 있기에 주말이면 많은 등산객들이 찾아오는 명산이기도 하다.

이마에 베어오는 땀방울을 닦으며 십 수 분 올라가면 '영구암'

이란 작은 암자가 나온다. 이 암자는 불자들의 기도 효험이 있다고 하여 힘들지만 많은 신도들이 끊임없이 찾아오기도 한다.

영구암을 뒤로하여 신어산의 기암괴석 절벽들이 병풍처럼 둘러싸여 있다. 백두대간의 끝자락에 해당되는 신어산 정상에서 사방을 바라보면 동쪽으로 낙동강이 굽이굽이 흘러가고 강 건너 편에 삼랑진의 천태산과 영남 알프스 자락들이 보이고 남으로는 낙동강과 선암강 사이로 델타에 해당하는 김해평야가 펼쳐져 있다. 그 평야 위에 김해 국제공항이 자리하고 있어 과거 역사를 느끼게 한다.

산 아래는 세월의 쳇바퀴 속에 묻혀 가는 '영운리' 마을, 개발의 틈바구니 속에서 건설된 골프장, 곳곳이 파헤쳐진 산자락이 난개발속에 무분별하게 자연 파괴되고 있는 김해의 모습을 보여주고 있어 조금은 가슴 아프다. 후손에 물려줄 이 땅 잠깐 빌렸다 돌려 줄 시간 정도 밖에 살아갈 수 없는 안타까움을 생각하며 김해 최고의 오지 마을인 상동 묵방리 골짜기 아래 산동네에서 뭉게뭉게 피어오르는 연기를 보면서 아득히 잊혀 가는 추억 어린 시절을 생각한다.

1. 네덜란드 이야기

　　사람들이 살아가면서 유머와 에피소드가 없다면 정말로 딱딱하고 지루한 삶을 살아가야 될 지도 모르겠다. 때로는 삶의 윤활유요, 경우에 따라서는 엔도르핀이 솟게 하는 위트야말로 좀 더 여유 있고 보람되게 살아가는 방편이 아닌가 생각된다.

　유머와 위트 감각은 선천적으로 타고난 재질이 있는 모양이다. 간혹 모임이나 친구들이 모이는 장소에 가보면 우스갯소리를 잘 하여 사람들로 하여금 배꼽을 자아내게 하거나 눌변으로 사람들의 호감을 갖게 하는 친구들을 볼 때 말주변이 없고 내성적인 나로서는 항상 부러움의 대상이 되곤 한다.

　그런 내가 이런 글을 적는다는 것은 어쩌면 바보 같은 짓일지도 모르지만 지나고 보니 입가에 웃음이 나오는 일이기에 유럽 3개월 연수 때 생긴 일과 그때 같이 지내던 동료들 간에 서로 주고받던 글을 적어 보았다.

처음 네덜란드 연수를 간 첫 날 아침에 일어난 실수담이다.

날이 밝으면 그 동안 못했던 운동을 매일 좀 하려고 계획을 세웠다. 첫 날 아침에 일어나 보니 7시 30분이었다. 그런데도 아직 한밤중이었다. 곧 날이 밝아오겠지 하면서 현관문을 열고 밖으로 나왔다. 하늘을 쳐다보니 시간적으로 새벽임에도 주변은 깜깜하고 영롱한 별빛은 무척 가깝게 느껴졌다. 집 주변을 돌며 산책을 하면서 날이 밝아지도록 기다렸다. 그러다가 문득

"아차! 여기는 위도가 우리나라보다 높은 곳에 있기에 해 뜨는 시간이 늦다"는 것이 생각났다.

네덜란드는 북위 52°에 위치하며 한국과 시차가 8시간차이가 난다. 때문에 겨울로 접어들수록 해가 늦게 뜨고 일찍 지는 나라라는 것을 잠시 잊었던 것이다.

"게으른 놈 날 잡자 배 떨어진다"는 속담을 되뇌이며 아침 운동 대신에 맑은 새벽 공기 속에 끽연이나 실컷 하자꾸나 생각하며 줄담배를 피우고 들어왔다.

그것까지는 좋았는데 실수는 계속 반복이 되었다. 아침을 냉장고에 있는 재료로 우리가 손수 만들어야 되었는데 식빵을 구우려고 하니 프라이팬이 보이질 않아 냄비에 식용유를 넣고 빵을 구우니 빵이 새까맣게 타버렸다. 또 계란 프라이를 만들려고 마가린을 냄비에 넣고 계란을 구우니 역시나 계란이 타버리고 제대로 되지 않았다. 그제 서야 마가린과 식용유의 사용이 바뀌었음을 알았다. 앞으로 아침저녁을 80여 일 동안 우리가 해먹어야 한다니 눈앞이 까마득하고 아내의 역할이 새삼 느껴지며 그리워진 적이 있었다.

또 한 번은 처음 집으로 편지를 부치려고 우리들이 지급 받은 자전거를 타고 우체국으로 가는 길을 자동차 안내를 통해 두 번이나 왔는데도 길을 찾지 못해 이곳 현 주민(꼬마와 그 엄마)과 처음 대화를 해보았다.

"Please, Where are you to the post-officer?" 라고 우체국 가는 길을 물었다. 서투른 표현에 서로 얘기해 보았지만 의사가 통할 리 없었다. 그래서 나는 결국 가방 속에서 편지를 꺼내 흔들며 이것을 붙이는 곳을 몸짓으로 물어 보았다. 그제 서야 "Oh, putt" 하면서 길을 상세히 가르쳐 주었다. 마음속으로 언어의 장벽이란 정말 괴롭다는 것을 새삼 실감하면서 "말이 안 되면 몸으로 때우지 뭐!"란 오기가 생겼다.

실제로 해외여행을 하다보면 언어 장벽을 실감하게 된다. 그래서 나는 가이드북을 항상 소지하고 다니면서 그 책에 있는 사진과 용어들을 보여주면서 나의 목적지 방향을 물어보곤 하여 언어 장벽을 어느 정도 극복할 수 있었다. 우리들이 단지 알고 있는 영어 몇 자 가지고는 회화를 한다는 것 자체가 무리이다. 길을 물었을 때 상대방 역시 유창한 영어를 구사할 수 없기 때문이다.

네덜란드에 있을 때 경험한 이율배반적인 모습이라고 할까 아니면 아이러니한 광경을 몇 번 보았는데 다음과 같은 내용이다.

네덜란드의 행정수도인 암스테르담은 환락의 중심지요, 마약이 허용되고 있는 곳으로 해외 여행객이면 누구나 이곳을 한번 들리지 않으면 네덜란드 여행을 했다고 볼 수 없는 곳이다. 암스테르담의 밤거리는 밤과 낮, 흑과 백의 양면이 대조적인 차이를 많이 나타내는 곳이다. 어두운 골목길과 밝은 대로, 약한 불빛 속

조명 속에 신기루의 세계가 있는가 하면 사이키의 조명과 휘황찬란한 밤거리 속에 흥청망청하는 세계. 암스테르담의 밤은 아름답기 그지없다.

Amsterdam CS(중앙역)에 기차를 내려 수십 개의 플랫폼을 지나 정문을 1~2분 빠져 나와 뒤돌아보면 마치 동화나라의 궁전과 같이 웅장한 암스테르담 본 역이 머물고 있다. 주위는 유럽도시 어느 곳에 가도 볼 수 있는 Tram(전차)이 온갖 낙서와 예술적 조화를 이룬 그림이 새겨져 있는 차들이 역사 주위를 지나고 밤거리를 밝히는 가로등이 빛난다. 역사 40~50m 앞에서부터 불빛에 반사되는 물결(운하)들이 펼쳐지고 물위로 역시 조명을 켜 운하에 유람선이 떠다니고 있음을 알 수가 있다. 역을 뒤로하고 큰 대로로 곧장 내려가노라면 귀금속, 각종 부티크 상품들과 액세서리들이 진열되어 행인들을 유혹하고 있다. 이곳은 특유의 음식점들이 맑고 휘황찬란한 불빛 속에 많은 사람들이 붐비고 있는가 하면 왼쪽 운하 다리를 건너 어두운 골목길을 통해 운하가 있는 하천 길을 따라 가노라면 이곳 최대의 명물 홍등가가 나타난다.

사람들이 부르기에 무엇 때문에 그런가 하고 오니 참으로 장관이었다. 붉은 조명이 비치는 유리관 속에 비키니 내지는 반나체의 여인들이 그들의 성을 상품화하여 사람들의 눈길을 유혹하고 있었다. 최소한 그들 나라에서는 합법적인 성 판매 행위였다.

처음은 암스테르담의 밤거리가 어떤가를 알기 위해 먼저 와본 사람들 따라 와 보았고, 두 번째는 우리 숙소 가족끼리 이곳의 밤을 대상으로 어떤 일들이 일어나고 있는가를 알기 위해 왔다. 그리고 세 번째는 암스테르담의 유명 관광지가 이곳 홍등가 주변에 몰려있으므로 두 번째 방문이후 가이드북을 통해 암스테르담의 명소를 알아두어 주말여행을 통한 관광지 순례라는 차원에서 왔던 것이다.

암스테르담의 양면은 이것뿐만 아니다. 인종의 흑백현상이 역시 많이 나타난다. 이것은 네덜란드의 암스테르담이 인간에게 최고의 자유를 누릴 수 있는 도시임을 증명하는 한 단면도 될 수 있음을 알 수 있다. 그러나 대개의 사람들은 흑인들을 천시하고 때로는 그들이 밖으로 품어 내는 모습을 볼 때 거리의 부랑자로 오인하여 두려워하곤 한다.

내 자신도 유럽에 처음 와서 암스테르담 역 앞에서부터 우글거리는 그들의 모습을 볼 때 그러한 생각을 하였던 것은 사실이다. 그러나 지금껏 그들이 남에게 폭력을 휘두르거나 행패를 부리는 일은 한 번도 본 적이 없는 것으로 보아 그들은 힘없이(경제력), 자유를 누리고, 돈을 벌기 위해 이곳을 찾은 대개가 불법 체류자일 뿐이라는 것으로 느껴진다.

아무튼 암스테르담의 홍등가 주변의 관광지를 살펴보면 중앙역 청사는 1889년 건축가 카이 퍼스(PJ.H.Cuypers)와 반 헨트(A.L.Van.Gent)에 의해 5년 공사 끝에 완공되어 역 앞 광장에 있어 부채 모양의 운하와 조화가 되어 야경이 아름답기 그지없다.

역 뒤편으로는 암스테르담이 항구임을 증명하듯 바다로 접하게 된다. 그곳에서 바라보는 바다 역시 암스테르담 도시 전체가 야간 불빛이 바다에 투영되어 아름답게 보인다.

역 앞 50m 정도 나와 왼쪽으로 돌아가 니콜라스 교회가 있는 골목길로 100여 m 가노라면 홍등가가 나타난다. 홍등가 내에 있는 구교회가 또 하나의 명물로 부상되는 이유는 한쪽에서는 교회의 종소리와 찬송가 그리고 신도들의 노래 소리가 들리는가 하면 교회 바로 옆에서는 인간들이 가장 추악한 모습으로 쾌락을 즐기는 창녀촌과 성행위와 관련된 상품을 팔고 있는 성인용품업소(SEX Shop), 포르노 비디오 상영관, 술집 등이 즐비하게 널려 있기 때문이다.

심지어 마약 박물관이 있어 각종 마약류를 전시하고 그 속에서 마약 행위를 하는 곳도 있다. 얼마나 웃기는 장면들인가? 또 그들 중에 홍등가 매춘업소에 다니는 아내를 출퇴근시키는 남편도 있어 그들이 성과 직업을 전혀 별개로 생각하는 아이러니한 현실을 볼 수 있었다. 그것은 분명 그들에게 주어진 직업 즉 일로 생각하며 아마도 신께서 주신 자유로 생각하고 있는 것이 틀림없었다.

네덜란드에 머물면서 우리들에게 잘 알려진 '풍차마을'을 가 보았다. 암스테르담 중앙역에서 완행기차를 타고 삼사십 분 가면 '잔세스칸스'라는 작은 마을이 나온다. 그 곳이 네덜란드의 유명한 관광지로 알려진 풍차마을이다. 막상 역에서 내려 보니 어느 한 조그마한 시골에 불과하였고 역 앞에는 마을로 가는 작은 이정표 하나만 달랑 붙어 있었다. 아마도 우리들과 비교를 자꾸 하니 무엇 하긴 하지만 우리들 처지가 이쯤 되면 동네 어귀부터 개발의 꿈이 요란스러웠을 것이 틀림없다.

그러나 이들은 자연을 사랑할 줄 안다. 이 마을에는 적어도 최근에 지어진 건물이 단 한 채도 없었다. 옛날 그대로의 건물을 보수하거나 실내장식을 통해 개량했을 뿐 수백 년 전의 도시 모습을 그대로 간직하고 있었다. 아마도 이 곳 자연의 아름다움과 함께 이곳의 풍차는 명물로 영원히 남으리라 생각되었다.

2. 스위스

스위스는 자연이 아름다운 나라이다. 그중에서도 한국 사람이 가장 많이 찾는 스위스 최고의 관광지인 인터라켄에 있는 융프라우 요흐는 스위스 관광의 백미로 일컫는 곳이기도 하다.

융프라우 요흐의 만년설을 보기위해 기차를 타고, 정상에 간다. 그 정상에 가기 위해 톱니 모양처럼 되어 있는 터널을 지나게 된다. 톱니바퀴 모양처럼 터널을 뚫기 위해 100년이란 긴 시간동안 공사를 하였다고 한다.

그것은 자연의 파괴를 외형적으로 전혀 볼 수 없게 하여 자연경관을 최대한 보존하려고 노력을 했다는 것이다. 정상에 가면 얼음 동굴과 만년설이 뒤덮인 알프스의 아름다운 산맥을 마음껏 볼 수 있는 유명한 관광지이다.

또 인터라켄에서 시작되는 브레인즈 호수는 융프라우 요흐와 더불어 없어서는 안 될 스위스 인터라켄의 천혜 관광지이다. 이 호수에서 정기 여객선을 타려고 기다리고 있을 때 우리 일행 중 한사람이 이런 이야기했다.

한 방에서 아이들과 함께 생활하는 어느 부부가 기차를 타고 여행을 하는데 옆에 아내가 잠에 겨워 곤히 졸다가 남편의 어깨 위에 고개를 떨어뜨리며 숙여들었다. 그래서 남편이 그 아내에게 정신 차리라는 의미로 옆구리를 팔로 툭툭 치니까 아내는 잠결에 치마를 내리고 있더라고 한다. 이유인즉슨 형편이 어려워 평소에 아이들과 같은 방을 사용하는 부부로서 마음 놓고 애정표현을 할 수 없기에 아이들이 잠든 틈을 타서 애정행위를 할 수 있는 시늉거리가 아마도 아내의 옆구리를 툭툭 치는 습관이 몸에 베인 까닭에 잠이든 아내가 치마를 내렸다는 이야기다. 이것은 평소에 우리들의 습관이 무심결에 온다는 이야기로 주변에 웃음을 자아냈다.

스위스는 누구나 다 한번쯤 여행을 해 보고 싶은 동경의 나라이다. 자연환경이 너무나 아름답고 목가적 풍경은 그야말로 감탄의 연발을 자아내게 하는 곳이다. 내가 중학교 다닐 때 어느 선생님이 스위스 사람들의 생활 모습을 이야기한 것이 생각났다.

어느 공원에 갔더니 쓰레기통이 없어서 가지고 간 쓰레기를 버릴 수가 없어 그 공원 관리인에게 물어 보니 "이곳 스위스 인들은 자기가 가지고 온 쓰레기는 모두 가지고 가기 때문에 쓰레기통이 필요 없다"고 하여 무안을 당했다고 하였다. 또 선생님 말씀이 당신이 교육자이기에 다른 일정을 줄이고 스위스가 낳은 교육학의 아버지인 페스탈로치 묘를 한 번 찾아가기로 마음을 먹고 그 고장을 찾아가서 그 고장의 사람들에게 페스탈로치 묘가 있는 곳을 물어 보았는데 "어디에 있는지도 모른다"고 대답을 하더라는 것이었다. 그 이유를 물어보니 페스탈로치만큼 유명한 사람이 스위스에는 너무나 많이 탄생하였는데 그들을 어떻게 다 아느냐고 오히려 반문을 하더란다. 이렇듯 이름 있고 유명한 사람들이 많이 태어나는 이유도 이 자연의 아름다움과 웅장함 그리고 자연을 아끼고 사랑하는 마음에서 기이한 것이 아닐까 하는 생각이 들었다.

3. 이탈리아

　로마 시내 중심가에 있는 스페인 광장에서 4~500m 떨어진 곳에 트레비(Trevi)분수가 있었다. 이 분수 또한 로마에 많은 분수들이 있지만 가장 아름다운 분수로 꼽히는 바로크 양식으로 이 분수에 조각된 작품은 니콜라살비 작품으로 1762년에 완공되었다. 바다의 신 넵튠이 조종한 두 마리의 말을 타고 가는 모습을 조각하여 박동감이 넘쳤으며 이 샘을 뒤로하여 동전을 던지면 "다시 로마로 올 수 있다"는 전설에 의해 많은 관광객이 던진 동전들이 연못 속에 가득했다.

　그리고 두 번째 동전을 던져 성공을 하면 "사랑하는 사람과 결혼을 한다"고 한다. 그러나 세 번째 동전을 던지는 사람은 거의 없다고 어느 가이드가 설명했다. 그 이유는 세 번째 성공을 할 때는 "사랑하는 사람과 헤어진다"는 전설 때문이다. 이렇게 던져진 동전을 정기적으로 회수해 로마에서는 불우한 사람을 위해 자선사업에 쓴다고 한다. 이러한 이탈리아의 관광명소와는 달리 골치 아픈 보헤미안 도둑의 극성들 때문에 로마시도 큰 걱정을 안고 있다.

　한때 우리나라 서울에도 시골사람이 오면 "멀 건 대낮에 코 베어 간다"는 얘기가 있었다. 그만큼 "어리석고 순박한 시골 사람이 깍쟁이 서울 사람들의 장난에 놀아났다"는 얘기가 된다.

　그러나 지금 로마는 세계에서 모여드는 관광객들에게 아주 불편한 것들이 많다. 네다바이는 물론이요. 극성스런 도둑들, 그리고 보헤미안의 소매치기 등은 몇 번이나 강조해도 지나칠 것이 없다고 생각이 든다. 특히 공짜와 덤핑 물건을 좋아하는 우리 한국 사람들이 좋은 표적이 되고 있다.

내가 로마를 여행할 때 경험했던 일을 두어 가지 적어보고 싶다. 우리 일행 4명이 관광지를 찾아 길을 걷고 있을 때 흑인 두 사람이 다가와 비디오카메라(시가 1,500달러 정도 추정)를 우리에게 살 것을 권유했다. 처음에는 3백 달러로 흥정을 하다가 1백 달러로 낙찰을 보았다. 그리고 카메라를 가방에 넣고 돈이랑 교환을 하고 가방을 받아 왔다.

그때는 우리도 횡재했다고 생각을 하며 무거운 가방을 짊어지고 관광을 했다. 일정을 마치고 로마를 떠나기 전에 대합실에서 앉아 그 가방을 열어보니 가방 속에는 카메라 무게만큼의 돌들이 신문지에 싸여 있었다. 우리 모두는 아연 질색을 하였지만 이미 때가 늦은 상태였다. 눈 깜박할 사이에 가방을 바꿔치기한 전형적인 네다바이를 당했다.

또 콜로세움 경기장 앞에는 로마에서 보기 힘든 만큼 많은 장사꾼들과 보헤미안들이 들끓고 있다. 특히 여자 보헤미안들은 조금 틈만 있으면 노골적으로 남자들의 바지주머니에 손을 넣어 돈을 갈취하려한다. 심할 경우에는 집시들이 안고 있는 아기를 여행객들에게 던져버린다. 그러면 무심결에 여행객들은 아기를 받게 되는데 그 순간에 관광객의 바지 속을 털기도 한다.

아무튼 이탈리아를 찾는 이들에게 모든 소지품과 돈을 조심하고 이런 네다바이 행위에도 유의할 것을 부탁하고 싶다. 그런 일들만 없다면 로마는 좋은 관광도시가 될 것 같았다.

그러나 이런 행동의 범죄자들 대부분이 아랍인 또는 흑인들인데 정부에서도 이들을 강력하게 추방을 할 수가 없는 이유가 있다고 한다. 세계 3대 종교의 하나이며 유럽인들의 오랜 종교이며 정신적 유산인 가톨릭교가 바티칸 시국을 중심으로 로마 등에 뿌리 깊게 존재하기 때문에 교황청에서도 인권 차원에 이들의 추방을 허용하지 않는 모양이다.

예를 들어 돈이나 소지품을 훔치려다 붙잡힌 아이를 때렸다고 할 때 폭력을 행사한 사람은 "법적으로 오히려 큰 봉변을 당한다"는 얘기를 들었다. 이탈리아 정부로서도 큰 골치 거리임에는 틀림이 없으나 평등에 입각한 종교관 때문에 어쩔 수 없는 아이러니한 사태가 오늘도 계속 되고 있다는 것이다.

4. 프랑스

유럽 여행 중 우리들이 먹었던 식사 해결에 대해 조금 이야기를 하고 싶다.

일행 모두가 해외연수 중이었으므로 금요일 오후나 연휴가 있을 때는 목요일 출발 전에 김밥을 싸는데 김밥 속에 내용물은 단지 밥에 간장과 참기름을 섞어 만든 비빔밥을 싼다. 이렇게 하면 부패도 되지 않고 값싸게 두서너 끼를 해결할 수 있는 장점이 있다.

그리고 계란과 감자를 삶아 가면 역시 두서너 끼를 해결할 수 있었다. 그 후 식사는 식빵에 딸기 쨈이나 땅콩버터 또는 꿀을 발라 끼니를 때우며 여행을 했다. 운 좋게 민박집을 잘 만나면 한국 음식을 맛보는 것이 최고의 식사였다. 유럽 내 모든 음식 값이 비싸기 때문에 한 끼라도 사먹지 않으려 노력을 하며 여행을 했다.

그래도 일정이 길기 때문에 몇 끼는 사 먹을 수밖에 없었다. 우연히 한번은 파리 몽마르트 언덕에서 바게트 빵을 사서 급히 먹느라고 입천장이 다 헤졌다. 너무도 거친 빵이라서 우리에게는 맞지가 않았다. 그래도 그게 20프랑(6,000원)정도였다.

그러나 그 곳에서는 별로 부담이 되지 않는 금액의 식사였다. 우리는 여행을 다니면서 대중식당을 이용해 본적은 거의 없다. 끼니를 떼 울 일이 있으면 슈퍼에서 빵과 음료수를 사서 먹을 수 밖에 없었다. 주말에는 일반 가게는 문을 열지 않지만 아랍인 상회는 문을 연다. 그러니까 슈퍼라 할지라도 비쌀 수밖에 없다.

이런 것을 볼 때 우리 한국은 소비문화에 있어서 적어도 천국 다음의 나라임에 틀림이 없는 것 같았다. 이렇듯 살기 좋은 우리 나라의 문제점은 무엇인가? 또 우리들이 해결해야 할 문제는 무엇인가를 골똘히 생각하였다.

정치하는 사람, 국민들, 우리 같은 교육자들이 제각기 맡은 분야에 최선을 다하며 내 개인이 아닌 국민전체의 영역을 생각하며 일하는 것만이 이 어려움을 극복하고 비약하는 계기가 되리라 생각된다.

내 자신도 국가의 혜택으로 해외연수를 나와 주말여행을 다녔지만 절대 필요이상의 지출은 삼가 했다. 한 푼의 외화라도 아끼는 것만이 나 자신을 위하고 국가를 생각하는 자세가 되리라 생각하였기 때문이다.

참으로 여행이란 사람에게 많은 경험과 새로운 것들을 주고 우리는 그것을 배우고 산지식으로 체험하게 한다. 사람의 머릿속에는 지식과 지혜가 있다고 누군가 얘기를 했다. 지식은 책을 통해서나 가르침을 통해 습득하고 익힐 수 있지만 지혜는 그렇지 못하다.

나는 그러한 지혜는 여행을 통해서만이 많은 것을 두뇌에 입력시켜 어떤 상황에서도 그것을 효과적으로 그 빛을 발휘할 수 있는 잠재력을 키우지 않을까 생각된다. 자라는 아이들, 그리고 제자들에게 여행을 많이 해 보라고 권유하고 싶은 이유가 여기에 있다.

네덜란드에서 프랑스를 경유해 스페인에 갈 때 이야기이다. 프랑스행 기차를 기다리고 있는데 이 기차가 꽤 많은 시간을 연착했다. 그래서 기차를 기다리는 옆에 있는 아가씨한테 기차가 늦은 이유를 물었더니 이런 얘기를 했다. 'France train' 두 단어였다.

우리끼리 해석을 해 보니 "프랑스 기차는 항상 늦다"는 뜻으로 해석을 했다. 기차가 연착하는 바람에 Lille에서 파리행 TGV(테제베)를 겨우 탈수가 있었다. 물론 예약할 시간도 없이 막무가내 기차를 먼저 탔다.

우리는 유래일 패스권이 있기에 20프랑(Fr)만 내고 미리 예약을 하면 테제베를 탈 수 있음에도 불구하고 승무원이 1인당 60Fr(한화 18,000원)을 내라고 했다. 예약을 하지 않은 까닭에 일종의 과태료인 셈이었다.

그래서 우리는 앞에 탄 'France Train'을 얘기하면서 "기차 연착으로 인해 예약할 시간이 없었다"고 얘기하니 우리들의 이야기를 그대로 인정을 하면서 정상 예약 요금 20Fr을 지불하고 파리로 입성할 수 있었다.

그들의 사회에서 통용되는 'France Train'은 프랑스 어떤 기차라도 연착하는 것이 관례인 양 다 통용이 되는 모양이었다. 그러고 보니 프랑스 남부 해안도시 Nice에서 올라올 때 빠르기로 소

문난 TGV(테제베)가 무려 40여 분 연착을 했다.

그렇다면 이들의 시간관념은 과연 어떨까 하는 의아심이 생겼다. 다음에 프랑스 사람들과 대화를 할 기회가 주어진다면 꼭 이것에 대하여 얘기를 좀 해 봐야겠다고 생각했다.

'KOREAN TIME' 이라는 오명이 붙은 우리 한국, 우리들은 잘못된 습관의 굴레에서 벗어나려고 많은 노력하고 있지 않은가? 친구 간에 약속이나 모임 약속들을 이제는 정확하게 시간을 지키려 노력하는 편이다.

이것이 해결될 때 우리는 비로소 선진 국민의 대열 속에 설 수 있다는 신념을 갖고 모두 노력하고 있다고 자부하고 싶다.

프랑스 여행 중 가장 기억나고 지금도 생각하면 부끄럽고 고개가 숙여지는 이야기가 있다. 스페인 바르셀로나 행을 타기 위해 파리 북 역에 도착했다. 22시 02분 Paris Austerpitg에서 출발하여 다음날 아침 08시 25분 Port-bou(포토-보)역에서 하차 10시 25분 Port-bou 역을 출발하는 기차를 타면 12시 19분 바르셀로나(Barcelone)역에 도착한다. 그래서 우리는 22시 02분에 출발하는 기차를 타야 모든 일정이 계획대로 된다. 남은 시간은 40여 분 파리 북역에서 남부 쪽에 있는 Auster pitg 역까지 이동해서 기차를 타야 했다. 작전이 필요했다. '콰이강 다리' 를 폭파하기 위한 군사 작전과 다를 바 없었다. 만약 그 기차를 탈수가 없다면 3박4일의 여행 일정이 모두 달라 질 수밖에 없었다.

그래서 일행들은 지하철을 타고 이동하기로 했는데 표를 사야 될 곳을 몰라 헤매고 있었는데 일행 중 한사람이 개구멍을 찾았다. 그 곳을 통해 1차 관문인 개찰구를 통과하였다. 우리 모두 철

책사이로 통과해서 지하철을 탈 수 있는 곳을 헤매고 있었다. 때
마침 한국여자를 만나 친절한 안내를 받았는데 "우리는 시간도
없고, 표 파는 곳을 못 찾아 철책사이로 비집고 들어와 무임승차
하였다"고 얘기하였다. 그녀 왈 "파리에서는 그렇게 하는 것이
다"고 얘기를 한다. 한편으로 미안하기도 하고 한편으로는 여행
자의 방랑 끼를 부려보는 마음이라 생각하고 자위를 했다.

그런데 진작 넘어야 할 산이 하나가 더 있었다. 표 없이 지하철
을 타는 것까지는 문제가 없었는데 막상 도착지에서 출구로 나오
는 데 표가 없으니 나올 수가 없었다. 그런데 옆에 있던 흑인이 마
치 우리들에게 시범을 보이듯이 양쪽 손으로 출구의 난간을 잡고
점프를 해서 앞사람이 나간 문이 닫히기 전에 넘어가지 않는가?
참으로 멋진 광경이었다. 우리 일행들도 모두 그렇게 출구를 벗
어났다. 한편으로 창피한 마음이 있어 모두들 "다음부터는 절대
로 이런 행동은 안 된다"고 서로 다짐을 했다.

그리고 한 번쯤 장난으로 해본 것이라 자책하면서 아무튼 짧은
시간 동안 여행 계획의 시행착오로 인하여 좀 더 많은 것을 경험
할 수가 있었다.

바르셀로나를 거쳐 되돌아오는 길에 알프스의 최고봉 몽블랑
을 찾았다. 몽블랑은 해발 4807m로 만년설이 덮인 산이다. 몽블
랑은 1786년 2명의 알피니스트들이 정상을 오를 때까지는 「저주
받은 산」이라 부를 만큼 악명 높은 산이다. 양쪽에 돔 뒤 규테, 에
규 뒤 규테, 당 뒤 헤앙 등 4000m 이상의 준령들이 나란히 있어
그 위엄을 더하고 있었다.

우리가 도착했던 사모니 몽블랑 역이 해발 1037m의 고산지역

에 위치하고 있었다. 진눈개비 속에 그리고 케이블카가 악천후의 날씨 때문에 운행되지 않아 되어 산정으로 올라갈 수가 없었다.

우리들은 상품 점에 들러 기념품과 카드 몇 장씩을 사 가지고 역으로 돌아와 가지고 간 라면을 끓여 먹기로 했다. 고향의 맛, 라면, 조촐한 것이지만 포도주 몇 잔을 곁들이고 나니 추위가 사라지는 듯 했다.

그리고 재미나는 광경이 벌어졌다. 우리 일행 한 사람이 진도 아리랑, 정선 아리랑을 판소리로 부르는가 했더니 제갈공명 타령 등의 풍월로 사모니 역에 모인 많은 관광객들이 보는 앞에 우리 일행들은 흥에 겨워 놀았다.

이것은 술에 취한 행동도 아니요. 고함을 지르는 고성방가도 아닌 순수한 아리랑 타령으로 기차를 기다리는 관광객들에게 좋은 인상을 준 즉석 풍물놀이였음을 강조하고 싶다.

또 한 번은 프랑스 투르 지역을 관광할 때 마침 이 고장의 장날인 듯한 상인 행렬이 줄을 이어 있었다. 마치 우리들의 5일장을 방불케 하였다. 과자 장사, 바게트 빵 장사, 옷 장사, 아주 다양한 시골의 장날을 음미할 수 있었다. 역시 사람 사는 모습은 프랑스나 한국이나 똑 마찬가지였다.

그러나 우리들의 의식 속에는 우리 자신들을 선진국이나 타 나라와 비교할 때 너무 스스로를 낮추어 생각하는 사고방식들이 많이 존재하는 것을 보고 상당히 화가 났다.

우리 일행의 한 사람이 우리들의 여행 모습이 초라하여 자신의 신분 밝히기가 두렵다는 얘기를 했다. 나는 대뜸 “도대체 무엇이 두려운가? 사람의 모든 점을 평가할 때 사람의 외모로 평가할 것인가?"라고 성을 냈다.

그리고 여행을 하는 사람들의 행동이나 모든 것이 자유스런 복장이 아닌가? 그렇다고 추한 복장을 하고 다니는 것도 아니며 우리가 유럽의 어떤 나라와 비교했을 때 후진국에 해당하는 것도 아닌데 과연 어떤 점이 두려워 신분을 밝히지 못하느냐며 나는 화를 냈다.

물론 나보다 나이가 몇 살 많은 분이지만 그래도 우리들은 국가의 명을 받고 이곳에 와 떳떳하게 행동하고 있는데 무엇이 문제인가?

우리의 사고방식 자체를 먼저 고쳐야겠다는 생각이 많이 든다. 물론 겸손의 미덕에서 오는 자신의 하례는 이해할 수도 있고 때로는 아름답게 보일 수 있다. 그러나 개인이 아닌 공인으로서는 이해하기가 힘든 부분이었다.

지나친 자부심은 자만으로 오인하겠지만 떳떳한 행동 속에 비굴함이 없는 자신감은 우리들을 한 차원 더 전진할 수 있게 하는 기상이 아닐까 생각한다.

거제도 견학

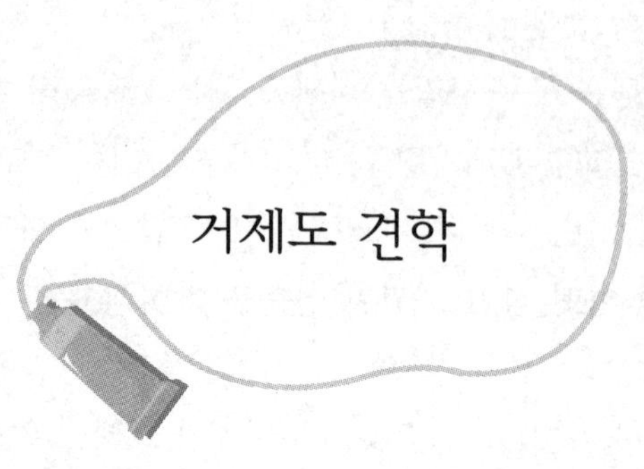

　　지루했던 장마의 끝. 초가을의 문턱에 들어섰건만 늦더위는 가실 줄 모른다. 어느 해 보다 많이 뿌렸던 비, 크고 작은 재난들이 많이 발생했던 한 해 였다.

　오늘 3학년들의 선진지 견학을 떠나는 날, 학창시절의 못다 한 끝맺음으로 추억의 한 장을 펼칠 수 있는 좋은 기회가 되리라는 생각이 들었다.

　아무튼 그들의 입장에서 본다면 돌이킬 수 없는 시간들이 되리라 본다. 날씨만 좀 더 좋다면 하는 생각에 가을 비 답지 않게 많이 내렸다.

　차창 밖 모습은 서서히 황금빛으로 물들어 가고 수없이 많은 산자락의 나무들은 역시 옷을 갈아입을 채비를 하고 있는 듯 색깔이 누렇고 얼룩덜룩하게 변해가고 있었다.

　하루 이틀, 달포쯤 지나면 온 산들이 화려하고 아름다운 모습으로 변해져 있겠지? 이들의 시간은 조금은 유구하건만 우리의

삶 자체는 너무나 짧다는 부질없는 상념 속에 버스는 수려한 섬
과 바다가 어울려 경치가 가장 아름답다는 충무 아니 통영을 지
나간다.

　노량 앞 연안 바다의 잔잔한 파도 속에 임진란의 소용돌이는 아
련한 역사 속에 묻혀가고 들녘에는 고추가 탐스럽게 익어 수확의
손길을 기다리고 있었다. 누렇게 황금빛으로 물들어 가는 가을
들녘을 바라보노라면 아득히 먼 추억들이 생각났다.

　1960년대의 시절은 기계라고는 구경 못할 때 농촌에서 벼 베기
(추수)는 한해의 모든 것을 결실하는 대단히 중요한 행사였다. 농
번기에는 일손이 모자라 마을 사람들이 모여 추수 날짜를 미리
정해서 소위 품앗이 형태로 추수를 하였다. 사람의 손으로 낫을
들고 벼 베기를 하노라면 아낙네들의 푸짐한 중참과 점심밥을 머
리에 이고 와 모두 둘러앉아 음식들을 먹던 한가롭고 평온한 시
절들…….

　어린 우리들은 메뚜기를 잡느라 정신이 없었고, 들에는 뱀들도
제법 보여 소스라치게 놀랬던 짧지도 길지도 않은 세월이건만 지
금의 들녘에는 메뚜기, 여치는 물론이요 뱀조차 보기가 힘든 파
괴된 환경 속에 살고 있지 않은가?

　공업이 급성장하면서 자연적 영농 방법에서 기계화가 되고 파
괴된 생태계를 화학적 방법에 의해 무분별할 정도로 많은 농약
등을 살포한 까닭에 농촌도 이미 멍들어 있다고 보아야겠다. 짚
덤불을 쌓아둔 곳에 아이들이 모여 숨바꼭질하며 숨던 일들이 눈
앞에 아른거린다.

　그저 소박하고 천진난만한 시절을 같이 지내던 친구들은 제

갈 길로 모두 고향을 떠났고 그들 나름대로 노력하며 성공의 주인공이 되기 위한 끊임없는 '견마의 노'로 최선을 다하고 있지 않는가?

그 당시 짚이란 참으로 유익하게 다 방면으로 이용되었던 것 같다. 가마니를 엮던 일들이며 이른 아침에 작두에 볏짚을 썰어 소여물을 끓이던 일들, 저녁이면 아래채 행랑에 사람들이 모여 새끼를 꼬면서 오순도순 얘기하며 아무런 욕심 없이 부모님들은 오직 자식 하나 잘되길 신신당부하며 살던 인정 어린 시절은 가족간의 비극적인 행위도 없었다.

과연 지금의 모습은 어떤가? 자식이 부모를 살해하거나 형제간에 상해 살인, 구차한 환경 때문에 부모가 자식을 동반한 자살 행위 등, 인간으로 할 수 없는 것들이 우리사회에 일어나지 않는가?

그렇다. 공업화, 기계화, 과학화가 되면서 자연 환경만의 파괴가 아닌 인간의 정신적 질환까지 갖고 오고 있다. 우리보다 더 앞선 미국, 민주주의 꽃이 활짝 피었다고 자부하는 미국도 아무런 이유 없이 총기를 들고 이웃 주민이며 어린아이까지 무차별적으로 살해하는 생명 경시의 풍조들이 만연해 있는 현실이 안타까울 따름이다. 뿐만 아니라 사람들에게 인정이 메말라 가는 극단적 개인주의 사고도 인간생활을 핍박하게 하는 원인이 아닐까?

적어도 우리가 다니던 학창시절에는 그래도 무전여행이라고 하는 지금 말하는 소위 배낭여행은 돈 한 푼 없이 문전걸식하며 여행할 수 있었던 시절도 있었다. 지금보다 헐벗고 못살던 때였지만 그래도 인간의 가슴속에는 그래도 훈훈한 정이 흐르고 있었던 까닭이다.

　요즈음은 이웃도 모른 체 열쇠하나로 현관문을 열고 닫는 도시민들 특히 아파트 세대들, 각자 자신들의 욕망을 채우는 까닭에 범죄발생이 많아 졌고 흉포화가 되어 가고 있지 않은가 하는 생각이 들었다.

　아무튼 오늘 하루만큼은 자연과 더불어 인간이 창조한 것들을 돌아보고 옛 역사의 뒤 안 길에 묻혀버린 것을 찾아 떠나고 있지 않은가?

　섬과 육지를 연결하는 거제 대교. 십 수 년 전에는 부산이나 충무(통영)에서 배를 타고 와야 갈 수 있는 곳에 2개의 큰 다리가 놓여 있다. 젊은 시절 많은 추억들을 간직한 곳이지만 아이들과 방문을 해보니 감회가 더욱 새롭기만 하다.

　거제도는 우리나라에서 두 번째로 큰 섬으로서 이곳에는 임진왜란 때 성웅 이순신이 풍전등화와 같던 나라의 위기를 해전에서의 첫 승리로 이끌어 낸 옥포대첩의 기념탑과 6.25 전쟁 때 설치한 포로수용소의 흔적을 더듬어 보면서 순국선열 및 호국 영령에 대한 감사의 뜻을 기리며 전적지를 둘러보았다.

　뿐만 아니라, 저 넓은 바다를 방파제로 막아 황금의 보고로 만들어낸 옥포 대우조선, 삼성조선 등의 산업시찰도 아울러서 했다. 불행히도 IMF라는 국제적 어려움에 처해 경영의 위기 때문에 (한때는 조국 근대화에 힘입어 고도의 성장과 국가 일익에 한 분야를 담당하여 국위를 선양했건만) 해외에 매각할 단계에 있다는 얘기를 듣고 그 동안 모래성 위에 쌓았던 공든 탑이 무너지는 것인지 아니면 너무도 쉽게 성장한 소위 거품 경제 단계에서의 시련인지 참으로 난감하였다.

이런 서글픈 역사의 현장을 거울삼아 다시는 슬픈 아픔을 후손에게 물러주어서는 안되겠다는 생각이 간절했다. 부정과 부패 속에 길들어 진 모순된 삶이 얼마나 허무한가를 절실히 느낄 수 있었다.

아무튼 우리들의 과제는 이런 역경을 어떻게 딛고 일어서야 하는가 하는 중요한 과제를 남긴 셈이다. "역경은 도전하는 자에겐 순종하고 회피하는 자에겐 잔인하다"라는 명언을 새삼 실감하게 한다.

아울러 거제도는 천혜의 관광자원을 가진 보고의 섬이다. 그 중에서 금강산의 해금강 경치와 흡사하다 하여 붙여진 '해금강' 그리고 어느 부부가 수십 년 동안 정성스럽게 가꾼 정원과 나무들이 아름답게 조성된 외도, 청정해역인 거제도의 앞 바다에서 생산되는 각종 해산물 등이 유명하다.

그리고 하느님께서 주신 아름다운 우리강산을 아무런 훼손 없이 보존하여 후손에게 물러 주는 것만이 앞서 살아가는 우리들의 몫임을 절실히 느끼는 하루였다.

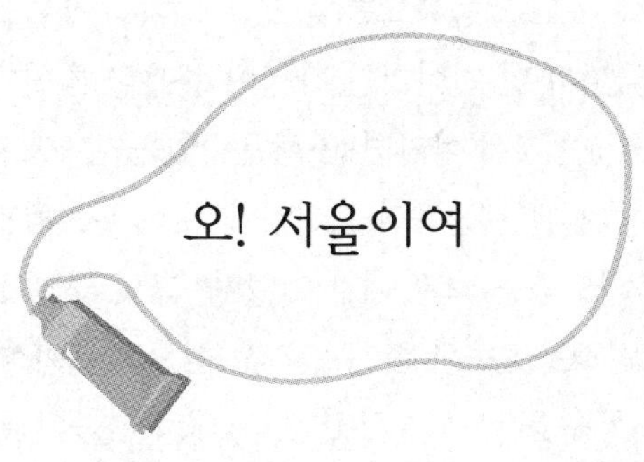

　　"사람이 태어나면 한양으로 보내고 말이 태어나면 제주도로 보내라"는 우리 옛 속담이 있다. 이것이 인생의 지존철학이 되어 많은 사람들은 서울로 상경하여 굶주리고 헐벗던 농촌을 떠나 삶의 터전을 서울로 이주 하였다.

　물론 무작정 상경을 하여 숱한 고생과 어려움이 따랐을 줄 믿는다. 피폐하던 농어촌의 터전을 거울삼아 나름대로 열심히 노력하고 근검절약한 탓에 오늘날 그들 나름대로 성공하고 도시는 거대하게 팽창하여 복잡하고 발전된 지금의 서울이 탄생하였다.

　그래서 농어촌 청소년들에게는 서울이 동경의 대상이 되고 결국 시골에는 젊은 사람 구경하기가 어려운 빈농현상이 초래되었다.

　지금은 국가 예산뿐만 아니라 발전의 기틀이 수도권 중심으로 이루어져 우리네 촌놈들은 비아냥거리는 소리로 '서울 공화국'이라 부른다. 하루가 다르게 변하고 휘황찬란한 불빛 조명들의 밤거리는 젊음을 불태우기에 충분하다.

그러한 곳에 나도 고등학교를 졸업하고 대학 생활을 서울에서 하였다. 물론 30여 년 전이지만 감성이 풍부한 청년기를 서울에서 보낼 수 있었던 것이 어쩌면 큰 행운이었는지도 모르겠다.

처음으로 객지 생활을 하면서 고향에 계신 부모님과 친구들에 대한 향수로 외로움을 느낄 때가 있었다. 그럴 때면 집 가까이에 있는 제2 한강교변 절두산 성지로 가서 성모 마리아상 앞에서 기도를 하면서 향수를 달래곤 하였다. 그래도 마음의 위안이 되지 않을 때는 강변 모래사장으로 내려가 목이 터질 듯이 노래를 부르거나 그리운 친구들 이름을 불러 댔다.

그러나 그것도 잠시 새로운 학교 친구가 생기고 이성 간에 만남이 이루어져 서울은 나에게 또 다른 기쁨을 주는 무대가 될 수 있었다. 오전 강의를 마치고 빈대떡 집에서 점심 도시락을 나누어 먹거나 무교동 막걸리 시험장 골목을 누비고 다니거나 통기타와 생맥주의 명가들이 즐비하게 늘려있는 명동의 밤거리로 활보하던 그때가 그리울 때도 있다.

먼발치 끝에 눌러 앉아
알 수 없는 향수에 도취되어
살며시 눈을 감고 먼 북녘 하늘을
사슴의 목이 되어
긴 탄식을 하며 바라본다.
잠시 머문 세월이
이처럼 한이 되어
그대 그리고 나에게 새겨진

그리움이 겹겹이 쌓이고
애환과 삶의 숨결이 배어 있는
오! 서울이여

향락과 퇴폐 속에 찌든 도시…….
절제 속에 삶의 고통을 느끼며
사랑과 낭만이 흐르고
잠시 맺은 사연이
가슴에 한이 되어
나그네 마냥 밤길을 헤매며
먼 북녘 하늘을 바라본다

터전이 다른 까닭에 한 줄기 희망은
그리움으로 변하고
한번쯤 누구나 그 곳의 삶을 동경하는
오! 서울이여

　찌든 도시, 향락과 퇴폐의 도시, 매캐한 매연으로 숨 막힐 듯한 도시의 생활이 그때는 너무도 싫어 직장을 마다하고 낙향하였다. 나에게 그래도 그곳에서 애틋한 사람을 만나 교분을 나눈 적이 있다. 나의 젊음을 모두 투자하여도 아깝지 않을 사랑을 하였다. 어쩌면 서울을 떠나온 것이 그녀와 이루지 못한 정분이 남아 혼자서 온통 젊음의 고뇌를 지고 방황하며 이별다운 이별도 하지 못한 체 떠나 왔는지도 모르겠다.

　헤어져 삼십 년이 지나가도록 연민의 정을 그리며 그녀가 머물고 있는 서울을 바라보며 몸부림치는 순정파 사나이가 꼭 한번 만나기를 갈구한다.
　사람들은 흔히들 이야기한다. "첫 사랑의 아름다운 꿈은 가슴에 묻어두고 살아야지 만나면 그 순간 꿈은 실망으로 변한다"고 했는가?

스무 여섯 해 지난 지금도
그대에 대한 연민의 정을
쉬이 버릴 수 없는 까닭은

타인들의 이별처럼 변절된 헤어짐도
우리들의 사랑과 믿음이 부족함도

그렇다고 그대의 처녀성이나
나의 동정을 확인한 것도 아닌

이별의 그 어떤 의미도 없이
언 시절 길을 잃고 가족의 품을 떠난
미아와 같은 슬픔을 지니고
언제나 한번은 만나야 된다는
끈적한 신념을 갖고 있기에

쉬이 잊을 수 없는 까닭입니다

시간의 흐름은 그대 향한
그리움으로 더욱 부풀게 하고

초롱한 별빛을 보며 들길을 걸어도
그대 있는 먼 북녘 하늘을 바라보며
아직도 나의 꿈을 간직하고 있기에
쉬이 버릴 수 없는 까닭입니다

　내가 대학을 다니던 시절만 하더라도 한강 다리를 손으로 헤아릴 수 있을 정도였으나 지금은 몇 십 개의 다리가 놓여 그 이름들을 알기가 장난이 아닌 것 같다. 그 시절 영화에서 본 '김포가도'는 아름다운 수양버들이 축 늘어져 이별의 길로 상징되었다. 또 '마포대교'라 하면 젊은 연인들 사이에 설령 이별하는 일이 생기더라도 한번쯤 걷고 싶었던 그러한 추억의 거리요 다리였다.

　강 건너 네온사인 조명들이 강물에 어울려 한강의 운치를 나타내는 아름다움에 대교를 가끔 우리도 걸어가며 그녀가 살고 있던 영등포구 신길동까지 배웅을 하고 버스를 타고 되돌아 올 때는 온통 허무한 마음 그 자체였다.

　그래서 또 밤늦도록 그녀에게 편지를 썼다. 그러나 우리들은 작별의 인사도 없이 먼 곳의 사람들이 되어 버렸기에 그 추억어린 가슴속은 더욱 동병상련이 될지 모르겠다.

그대를 보내고 돌아서는 발걸음에
눈물이 앞을 가려 말없이 돌아섰네

강 건너 아롱거리는 불빛은 지나온 세월 속에
너와 나의 추억들이 주마등처럼 깜박이고
어둠이 깔리는 마포대교 적막감 감돌고
지나가는 나그네 발길을 멈추게 하네
언제 다시 또 한 번 그런 사랑이 찾아오려나
아! 아! 그리운 서울에 밤거리
추억이 서럽게 밀려오네

어깨를 쓰다듬고 정답게 걷던 길에
사나이 굳은 맹서 때문에 돌아섰네
도시에 반짝이는 불빛은 지나온 세월 속에
그대와의 추억들이 강물처럼 흘러가고
기적이 울리는 마포철교 서글픔 휩쓸고
지나가는 나그네 발길을 돌리게 하네
언제 다시 또 한 번 우리 사랑 나누리
아아 고달픈 서울에 밤거리
그리움이 서럽게 밀려오네

　몇 해 전에 서울에 잠깐 올라가 건국 대학교 화양동 캠퍼스에 들린 적이 있었다. 어언 이십 수년이 지난 그때 캠퍼스의 모습이야 별 변한 것이야 있을까마는 울창해진 수목들, 잘 단장된 넓은 연못 주변의 가을 빛 단풍이 아름답게 물들이고 있었다.
　호수 주변 벤치는 임자 잃은 쓸쓸함에 깃들여 앉아 보지도 못하고 되돌아 선 적이 있었다. 어느 한 곳인들 추억이 없겠냐마는 왠지 메울 수 없는 눈물에 한 소절 읊조리며 조용히 밤기차를 탔다.
차창에 어리는 보고 싶은 얼굴들을 그리면서…….

  그리운 이여!
  젊음이 있었기에 머물 수 있었고 그 때문에 아름다운 추억을 간
직하며 지금은 그 곳이 동경의 세계가 되어 버린 서울이여!

II
사람 사는 이야기

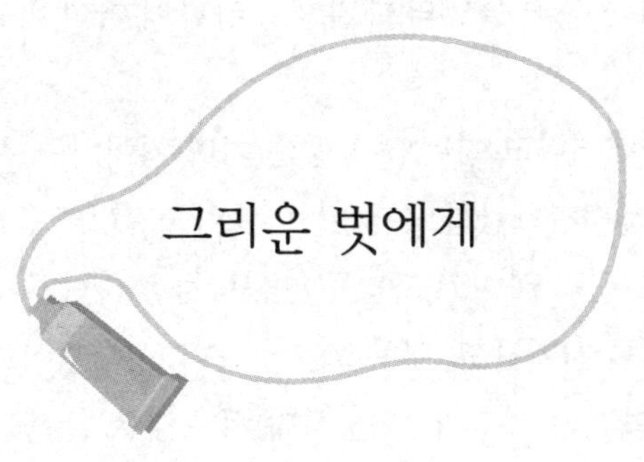

1. K형 !

　　사방에는 어둠이 짙게 깔리고 해갈도 어려운 이 가뭄에 밤이 깊어 가면 물 논에서 울어대는 개구리들의 울음소리는 모든 것을 잠재우고 먼 듯 가까이서 간간이 들려오는 기적소리는 먼 그리움에 목이 터져라 상상의 나래를 펴면서 고향을 향해 하루에도 몇 번씩 달려갑니다.

　낮이면 넓은 개천에는 철 잃은 왜가리가 먹이 찾아 한가로이 나르고 물위에는 부평초, 물 옥잠화 사이로 피라미 떼들이 유유자적하게 노닐고 있답니다. 낮의 뜨거운 햇살을 피해 노을 따라 고운님과 제방 뚝 길을 걷는 것이 일상이 되어버리는 나의 모습을 상상하시고 당신이 살고 있는 도시에서 그리 멀지 않는 곳에 그런 고장이 있다는 것을 기억해 주시구려.

　그리고 밤이 되면 가로등 불빛이 어둠을 밝히면 불빛 따라 모여드는 풀벌레와 제방 뚝 길 따라 달빛아래 하얗게 피어 있는 망초

꽃들의 잔치는 봉평 들녘의 메밀꽃 초라함에 어찌 비유하겠소.

K형!

우리들이 태어나고 자라던 고향은 이미 잃어버린 지 오래 되었다오. 밤이면 휘황찬란한 조명 빛 아래 비틀거리며 흥청망청 되어버린 모습과, 온갖 사이키 조명들은 사람들을 타락하게 만들지요.

또한 서로를 시기하고, 탐욕스럽게 하며, 이해심이 부족하여 이웃 간에도 인정이 메말라 가는 삭막한 도시로 발전되어 가고 있답니다.

온통 생명력이라고는 찾아보기 힘든 콘크리트 건물과 아스팔트 위를 달리는 자동차 매연에 휩싸여 질식해버릴 각종 오염으로 병들어 가는 도시에 두 서너 시간도 견디지 못해 이곳으로 탈출해 버린다오.

나는 이곳에서 누에가 푸른 뽕잎을 먹고 섬세하고 아름다운 은빛 실을 뽑아내 듯 그런 글을 쓰면서 살고 싶소. 답답한 가슴에 몇 자의 글을 적어 위안하던 것이 이제는 글을 쓰는 시간이 가장 보람되고 그 어떤 가치와도 바꿀 수 없다는 생각이 간절하오.

때로는 상상과 고독의 포로가 되어 텅 빈 머리를 채울 수 없고 넋 나간 육체를 가눌 수 없어 모든 고뇌의 아픔은 제 것인 양 이렇게 허공을 떠돌 때도 있다오. 때늦게 시작한 시작(詩作)은 왜 시작했는지 하는 의구심을 가질 때도 있답니다.

밤이 깊어 가면 사방에서 들려오는 이름 모를 풀벌레 소리는 잃어버린 진한 향수에 젖어 오는 목매임처럼 아니면 잃어버린 세월에 대한 동경으로 억압처럼 밀려오고 공허한 허공에 별빛은 총총히 빛나고 내 가슴은 이루지 못한 연민의 절규로 장단 되어 항변

한다오.

2. K형!

　사방을 둘러보아도 고요한 정적 속에 캠퍼스 황금빛 잔디 위엔 이름 모를 사람들의 발자취만 남고 앙상한 가지 끝을 때리고 사라지는 겨울바람은 매서운 주인집 아낙네 마냥 싸늘한 기운마저 감돌고 더 높은 하늘엔 곧 뿌려 댈 것만 같은 짙은 구름이 흘러갑니다.

　내 꿈과 이상을 실현하리라 찾아온 이 캠퍼스도 이제는 떠나야 할 시간이 다가옴에 마치 이방인들에게 자리를 잃어버린 목자 마냥 쓸쓸히 떠날 수밖에 없는 현실 앞에 해마다 이때쯤이면 을씨년스럽고 착잡한 심정을 김형에게 나마 토로할 수 있다는 것을 다행으로 생각한다오.

　후진을 위해 고향을 찾은 지도 어언 스무 해나 되어가고 세월 속에 많은 우여곡절과 사연이 서려있기도 하지요?

　들길 따라 자전거를 타고 출퇴근하면서 자전거 길도 멀다않고 근실한 학교생활을 할 수 있도록 지도 하였지요?

　때로는 아이들이랑 산과 들을 누비며 가축 사료를 채취하던 그 시절은 우리들 가슴속엔 따뜻한 인정이 흘렀고 사랑이 담겨있었지요?

　어느새 들판 위 옥토는 콘크리트 건물과 아파트 단지가 되고 우뚝 솟은 전신주 위엔 참새 한 마리 볼 수 없는 오염된 환경과 메말라 버린 도시의 인정 속에 살아가는 우리들 자신이 불행스럽게도 생각이 됩니다.

다사다난했던 지난날들 머릿속에 기억조차 하기 싫은 IMF로
인하여 얼마나 많은 우리 형제들이 실직을 통해 그들의 고통을
느껴야 했습니까?

그리고 그들은 길거리 방랑자로 전락하여 노숙자 내지는 알코
올 중독자가 되어 때로는 그들의 생명을 앗아갔던 일들이며 곳곳
에 산재 되어 있는 경제적 어려움에 불안해하며 살아가고 있건만
아직도 정신 못 차린 위정자들의 추태를 볼 때 국민의 한사람으
로 이 시대를 살아간다는 것이 때로는 부끄럽기 한이 없다오.

물론 우리 국민 개개인도 반성하고 각성해야 될 부분도 많이 있
다고 생각이 되오. 이제 겨우 국가적 대란에서 풀려났건만 모든
조건이 다 해결된 모양으로 해외여행이며 백화점 매장에는 발 디
딜 틈도 없이 북새통을 이룬다고 하니 참으로 기가 막히는 현실
을 가슴 아프게 생각할 뿐이라오.

이제는 새 천년의 시대를 맞아 더럽고 추악한 것들은 다 잊어버
리고 그야말로 깨끗하고 노력하는 자만이 성공하는 시대, 땀의
대가만큼 실질소득을 얻을 수 있는 사회가 되었으면 좋겠소.

김형!

우리들의 보금자리였던 이곳도 주변이 어두운 그림자로 덮을
때 도시의 불빛은 휘황찬란한 사이키 조명들에 현란한 밤거리가
많아지고 때로는 청소년을 지도한답시고 유흥가 일대를 블루 존
거리를 설치하여 청소년의 출입을 통제하는 구역이 설정되어 있
기도 하지요.

우리 시대에 감히 생각도 할 수 없던 영화관,오락실,당구장,노
래방.커피숍등이 출입이 허용되리만큼 그들의 건전한 공간이 없

는 현실을 안타까이 생각할 수밖에 없지요?

그렇다고 우리들이 자라던 시절은 올바른 문화공간이나 놀이 공간들이 있었습니까?

온 산과 들, 그러한 자연들이 휴식공간이요 놀이터며 꿈을 실현 시키는 모태가 되었던 것을…….

선생님 몰래 영화관에 갔다가 들통 나는 바람에 모진 기합과 교칙 처벌을 감수해야 하던 시절은 그래도 우리들 마음에는 여유가 있었던 것 같소.

그러나 모든 것이 어둡고 부정적인 일 만은 아니겠지요? 대개의 청소년들은 그들의 꿈과 이상을 실현하기 위해 열심히 노력하고 최선을 다하는 삶을 살고 있다는 것이 우리들의 장래를 희망차고 발전할 수 있다고 믿는 까닭일지도 모르겠소?

김형!

중년의 나이로 접어드는 계층, 경제적 기반도 사회적 지위도 어느 정도 목표점에 도달되었는지?

너무도 바쁘게 앞만 보고 달려오느라 이웃과 친구들을 생각할 겨를이 없었던 것 같소. 이제 불우한 이웃을 위해 봉사하며 우리들이 할 수 있는 자그마한 것들을 실천하는 마음으로 하루하루를 살아갈까 하오.

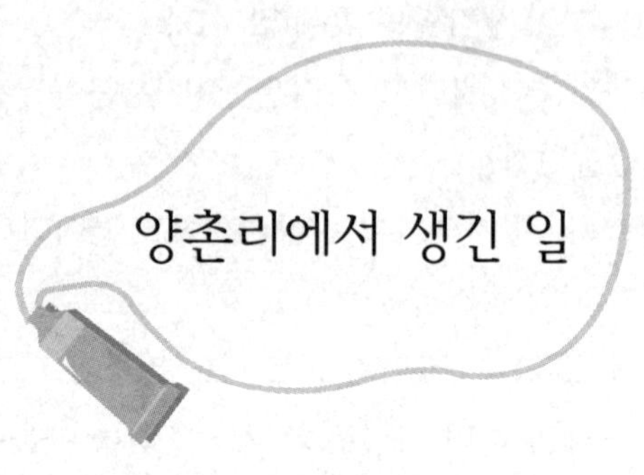

양촌리 마을은 빨치산 토벌에 유린된 마을도 아니요, 정신병자들의 요양소가 있는 고장은 더 더욱 아니다. 내가 살고 있는 지역의 여항산 산자락을 타고 남쪽으로 뻗어 내린 산줄기 머무는 따뜻한 산촌 마을이다.

그곳에서 그리 멀지 않은 산자락 끝에는 온천지역이 있어 주말이면 사람들이 제법 찾아오곤 한다.

누군가 이 마을의 이름을 만들었을 때는 마음씨가 푸근한 사람이 마을 이름을 지었던지 아니면 동리가 남녘의 따스한 햇살을 받아 산골이긴 하지만 따뜻한 마을임을 알리기 위해 동리 이름을 '양촌' 이라 정했는지도 모르겠다.

아무튼 사방이 산으로 둘러싸여 있고 산 중턱에 자리한 양촌리 마을에서 생긴 작은 일을 적고 있다.

십이월 초하루 토요일 오후 해거름에 산촌의 겨울은 평지보다 빨리 땅거미가 찾아들고 멀리서 들려오는 산골짜기의 스산한 바람은 옷깃으로 스며들어 사람을 더욱 움츠리게 한다. 산 비탈진 언덕 위의 잡목들은 한해의 마지막 채비를 하듯 매달린 이파리를 떨어뜨리기에 안간힘을 쓰고 억새풀은 석양 노을 따라 하늘거리며 손님을 맞이하고 있었다. 마을 이름이 '양촌'이라고는 하나 한 겨울 추운 날씨 탓에 두터운 외투를 걸쳐 입었지만 옷깃으로 파고드는 세찬 바람과 추위는 우리들의 발걸음을 무겁게 하였다.

인간들의 문화생활과 거리가 먼 자연 부락은 언제나 찾아와도 맑고 깨끗한 자연을 간직하고 어느 곳이던 고향과 같은 아늑함을 준다. 도시 생활에서 찌든 우리들의 삶으로부터 탈피하여 보다 더 자유롭고 포근한 삶의 여유를 누리게 하는 것 같았다.

지난 몇 개월 동안 함안군에서 주관하는 평생교육의 한 과정으로 실시하는 문예창작 반에 들어가 시, 소설, 수필 등에 대한 공부를 하여 회원들 나름대로 쓴 글들을 엮어 오늘 양촌리에 있는 산촌의 한 식당 가든에서 출판 기념회 겸 종강 식을 하는 날이다.

새로운 영역에 발을 디뎌 열심히 해보려 하였으나 뜻대로 잘되지 못하였다. 글을 쓴다는 것 자체가 부지런하고 사물을 관찰하는 예리한 눈을 가지고 있어야 될 것 같다. 물론 선천적 자질을 갖고 있다면야 조금만 노력하면 좋은 글이 나오겠지만 나와 같이 문외한이 글을 쓴다는 것이 항상 한계를 넘지 못하는 안타까움을 느낄 때가 많이 있었다. 그래서 제대로 작문법을 배우고 싶어 수강을 신청하였다.

여기에 모인 회원들은 주부에서부터 직장을 다니는 여성 회원이 대부분이다. 우리들의 공통점은 글을 써보고 싶다는 의욕을 가진 사람들의 모임이라는 것이 큰 특징이다. 여러 선생님들이 지도

하시는 수필, 시 등의 공부 이외도 밤늦도록 정자나무 아래나 제
방에 앉아 문학을 토론하고 서로의 유대를 다짐하기도 하였다.

물론 대학을 다니면서 국문학을 배우고 전공해도 모자라는 판
에 3개월의 교육으로 글을 논한다는 자체가 언어도단이란 표현
이 정확할지도 모르겠다.

아무튼 강사 선생님들 덕분에 이런 추억어린 자리를 마련하여
우리들만의 시간을 갖게 된 것에 무한한 감사를 드리고 싶다. 나
름대로는 지난 시간에 대한 후회는 별 소용이 없겠지만 그래도
아쉬움이 많이 남는 한 해였다. 우리들의 행사를 위해 뜨락에 마
련된 원목탁자와 초등학교 학생용 의자는 분위기가 아늑하고 추
억의 시절로 되돌아가는 느낌의 시간을 갖게 하였다.

그리고 메마른 장작불 위에 펼쳐진 바비큐 파티는 송진과 소나
무의 특유한 향기 속에 우리들의 입맛을 돋우기에 충분하였다.
찬으로 준비된 토속 음식도 마치 어머님이 손수 장만한 고향의
맛깔 같아 우리들의 입맛을 더욱 당기게 했다. 고요한 산촌 마을
의 산등성이에서 떠오르는 둥근 달빛은 온 누리를 밝혀 산마을의
분위기를 한층 더 고조시켰다.

모닥불을 피워 놓고 불가에 둘러앉아 시 낭송을 하고 서로 어깨
동무하며 밤하늘에 산골짜기 아래로 잔잔히 퍼져나가는 우리들
의 노래 소리는 또 다른 추억을 만드는 계기가 되었다. 먼 옛날에
잊어버렸던 아련한 추억들이 모닥불 연기처럼 잠시 허공을 맴돌
다 사라져버리는 동안 나는 잃어버린 세계로 빠져들고 있었다.

학창시절 젊음을 마음껏 향유하며 바닷가에 앉아 넘실거리는
파도의 물거품 속에 이루지 못할 사연들을 많이도 날려 보냈다.

지금쯤 남의 어머니가 되어 행복한 가정을 이루고 있을 첫 연정의 여인이었던 송이 생각과 지난 세월에 대한 그리움으로 새삼스럽게 눈시울을 적시고 가는 의미 있는 시간들이었다. 남모르게 새겨둘 그리움이 있기에 가슴으로 노래하며 한 가닥 희망으로 살아갈 생명의 존재 가치를 갖게 하는 소중한 시간이었다.

아무튼 그 날의 행사는 나에게 덧없이 좋은 추억을 만드는 보람된 시간을 갖게 해주었다. 비록 그 자리에 모인 우리들은 살아가는 삶의 굴레가 제각기 다르지만 서로의 가치를 존중하며 그 영역을 침범하지 않고 격려해가며 살아간다는 것도 어쩌면 현재를 살아가고 있는 아름다운 삶일지도 모르겠다는 생각이 들었다.

모닥불 속에 갓 구워낸 고구마는 사랑방 질화로 가에 마주앉아 할아버지가 들려주던 옛이야기를 들으며 손을 후후 불며 먹던 그 맛처럼 우리들의 따뜻한 가슴에 담긴 정처럼 훈훈히 전해졌다. 그리고 언젠가 나도 이런 산촌에서 글을 쓰면서 조용히 보낼 누옥이라도 장만해야겠다는 생각이 간절했다.

양촌리 산마을에 어둠이 깊게 깔리고 우리들의 열기도 모닥불처럼 식어 갔다.

아쉬운 미련을 남기고 되돌아오는 길은 비록 비탈지고 자갈이 발길에 차이는 길이였지만 문학회원인 이 여사가 나의 겨드랑이에 낀 팔짱은 잠시나마 마치 정다운 연인과의 데이트로 착각하는 듯한 꿈같은 기분이 들었다.

내가 교사로서 학교에 근무하고 있다는 것을 큰 다행으로 생각할 때가 많이 있다. 그 이유로는 학교환경이 그래도 일반 사무직이나 근로자에 비해 좋은 환경 속에 생활할 수 있다고 생각하기 때문이다.

청소년기의 젊은 학생들과 같이 생활하고 대화를 하노라면 내 자신도 항상 젊어진다는 느낌과 올바른 사고와 판단력이 부족한 그들을 위해 무엇인가 할 수 있다는 자신감이 들 때가 많이 있다. 그리고 학교와 전공의 특성상 흙과 더불어 친환경적으로 살아갈 수 있는 것 또한 자연의 법칙을 깨우치고 인간으로 하여금 자신을 낮출 줄 아는 자세를 배우게 하는 것 같다.

대개의 사람들은 전원주택을 갖고 싶어 하고 자연에 묻혀 생활하고 싶은 공통적 욕망을 갖는 이유가 이러한 자연이 주는 아름다움과 순수함이 있기 때문이 아닐까?

많은 사람들은 바쁜 일상생활을 하다보면 시간이나 계절적 감각을 잃어버리고 살 때가 많다. 나 역시도 마찬가지이다.

그럴 때 쯤 코끝을 때리며 잠에서 깨우는 계절 따라 교정에서 피는 꽃향기 있는 나무가 있어 좋다. 계절 따라 피는 꽃 중에서도 그 속에서 묻어 나오는 은은한 향기 어린 냄새는 우리들의 삶을 좀 더 여유 있고 윤기 있는 삶을 살아가게 하는 것은 아닐까 하는 생각이 든다.

그래서 우리 학교 교정에 피는 꽃향기 있는 나무 몇 가지를 소개하고자 한다.

첫 번째로 긴 겨울잠에서 깨어나 수액이 유동하기 시작할 때 코끝을 저려오는 봄의 전령자라 부를 수 있는 '서향' 이 있다. 서향은 해빙이 되는 3월에 꽃이 피고 잎은 사철 푸른 상록 성으로 키가 작은 관목이다. 추위에 다소 약한 결점이 있어 중부 이북지방에서는 정원수로 가꾸기 힘든 나무이다. 꽃은 보라색을 띠는 백색 꽃으로 그 향기는 어떤 식물과도 비교할 수 없다. 또한 꽃향기가 임 계신 천리까지 향기가 전해진다고 하여 일명 천리향으로 우리들에게 잘 알려진 식물이다. 물론 천리니 만리니 하는 것은 과장된 표현이지만 그 향기만큼은 진하고 상서로우며 바람결에 멀리 까지 전해지는 것은 틀림없다. 문득 인터넷 사이트를 검색하다가 천리향에 대해 재미나는 유래를 적은 글을 있어 잠깐 소개하고자 한다.

"옛날 중국 여산이라는 산에 수도를 하던 한 비구니가 잠을 자다가 아름다운 향기가 나서 따라 가보니 극락세계 문 앞에 있는 작은 나무에서 상스러운 향기가 나더라는 것이다. 문득 꿈에서 깬 비구니가 그 향기를 잊지 못해 산 속을 헤매다가 어느 계곡에서 꽃나무를 발견하여 그 가지를 꺾어 사람들에게 물어봐도 아는 이가 없었다고 한다. 그래서 향기가 극락으로 이끄는 나무라 하여 서향(瑞香)이라 불렀으며 또 잠을 자다가 향기를 맡은 꽃이라 하여 수향 이라고도 불렀다"고 한다. 전설에서 느낄 수 있듯이 꽃말은 '꿈속의 달콤한 사랑' 이라고 한다. 또 화적이라고 하여 모든 꽃들의 적이라 불릴 만큼 그 어떤 꽃도 서향의 향기를 따를 수 없다고 한다.

내 본가에는 어머니께서 생전에 천리향 나무를 좋아하시어 당신이 손수 정원에 심어 서울에서 공부하던 아들을 생각하며 가꾸었던 정성스레 가꾸던 나무가 있다. 그래서 나는 어머님이 돌아가신 후 무덤가에 서향을 한 포기 사서 심어두었는데 산 위라 그런지 생육이 좋지 못하더니 결국 죽어 버렸다.

부모의 사랑이 어찌 자식의 사랑과 비교할 수 있을까 마는 보잘 것 없는 나무 한포기 가꾸는 정성도 어머니의 깊은 사랑과 감히 비교할 수도 없다. 서향은 어머니의 깊은 사랑을 더욱 느끼게 하고 애착이 가는 나무이다.

두 번째로는 수향의 향기를 이어 싱그러운 봄기운과 함께 신록의 계절 오월에 녹랑 아래로 포도송이 마냥 줄줄이 축 처져 꽃망울을 퍼뜨리며 피는 '등나무' 가 있다. 꽃향기는 남아의 정액 체취가 물씬 묻어나는 향기를 갖고 있으며 콩과 특유의 열매 꼬투리가 녹랑 아래로 주렁주렁 달린 모습도 아름답다. 등나무는 대개 꽃의 색깔에 따라 자색등과 백색 등으로 나눌 수 있다.

우리 주변에서 보편적으로 많이 볼 수 있는 보라색 등꽃은 색깔이 그윽하고 귀공자 같이 우아하다. 반면에 흰색의 꽃을 피우는 백 등꽃은 하얀 소복을 입은 불가의 여인 같아 어느 누구도 감히 쉽게 접근하기 어려운 느낌이 들어 더욱 더 좋다.

등나무는 햇볕이 잘 드는 곳에서 생육이 좋으며 꽃말은 '환영'이라고 한다. 등나무의 꽃잎을 말려 신혼부부의 베개에 넣으면 부부의 금실이 좋아진다고 한다. 그런 연유에서인지는 몰라도 등나무를 심을 때는 두 포기의 줄기를 꼬아서 심으면 어느 다른 나무에 비해 생육이 좋고 줄기가 비비꼬이며 마치 용 두 마리가 승천하는 모습처럼 아름답게 보인다고 한다. 나중에 성목이 되면 제 몸을 깎아 아름다운 등가구가 탄생되기도 한다.

여름의 무더위를 잊기 위해 학창시절 등나무 시렁 아래서 땀방울을 식히며 옹기종기 모여 앉아 수업을 하며 떠들고 놀던 추억들처럼 그 그늘이 주는 자연의 너그러움처럼 우리들을 건전하고 아름답게 자랄 수 있도록 해 주었는지도 모르겠다.

세 번째로는 '치자나무'에서 피는 꽃으로 그 향기가 너무도 진하게 나기 때문에 누구라도 향기를 구분할 수 있을 만큼 사람들에게 너무도 잘 알려진 식물이다. 꼭두서니 과에 해당되는 상록성 관목식물로 6-7월에 꽃이 피며 '순결'이란 꽃말처럼 청초하고 품위 있는 꽃이다. 그 열매는 늦가을 서리 올 때면 누렇게 익어 노란색을 내는 전통 천연 염료로 이용한다. 특히 제사 음식 만들 때 전 같은 것에 색깔 내는데 많이 이용하였다. 특유의 황색 색소는 크로신(crocin)이라는 물질이라고 한다. 열매 모양이 옛날 술 단지와 비슷하게 생겼다고 한자어로 표현하여 치자라는 이름이 생겼다고 한다.

요즈음 사람들은 치자 열매의 이용방법을 잘 모른다. 그래서 늦가을까지 열매가 누렇게 익어가도 아무도 따지 않는다. 나는 정성스레 제사 음식을 만들던 어머니 모습이 생각나 그분 앞에 놓을 전을 만들기 위해 노랗게 익은 치자 열매를 따 아내에게 갖다 준다.

치자나무는 서향과 더불어 추위에 다소 약하기 때문에 중부 이북 지방에서는 일반 정원수로는 보기 힘든 식물이다. 시중에는 관상을 목적으로 식물을 왜성 종으로 개량하여 화분에 심어 가꾸는 품종과 꽃도 겹꽃으로 향기가 드높은 품종 등 다양하게 개량되어 판매를 하고 있기도 있다.

끝으로 목서류가 있다. 목서류에는 금목서와 은목서가 있다. 때로는 자신도 모르게 시간과 계절적 감각을 잃어버리고 살아갈 때 문득 잠에서 깨워주는 교정에 피는 꽃 중에서 '금목서' 라는 나무가 있다. 가을의 피날레를 장식하듯이 바람결에 묻어나오는 목서향기는 사람의 애 간장을 녹인다고 할까?

치자처럼 진한 향기도 아니요 난 꽃향기처럼 미세하지도 않다. 은은하면서도 그윽한 향기가 꽤 멀리까지 전파가 된다. 물푸레나무 과에 속하는 식물로서 '당신을 유혹함' 이란 꽃말처럼 등황색의 진한 꽃향기는 온 교정을 향기로 뒤덮는다.

꽃향기가 만리를 간다하여 만리향이라고도 부른다. 정원수로 널리 심겨지며 개화기간이 짧은 것이 다소 흠이라 할 수 있다. 금목서 꽃이 지고 나면 곧이어 '은목서' 의 향기가 돋아난다. 금목서의 향기보다 다소 못하지만 청아하고 운치 있는 꽃향기는 늦가을 우리 학교 행사로 국화 전시회를 개최하는데 학교를 찾은 방문객들이 학교 전체를 뒤덮는 그윽한 꽃향기에 부러움을 자아내게 한다.

　　　어디선가 은은한 내음 타고
　　　그릴 수 없는 그리움으로 다가온다
　　　가슴속에 묻어 긴 세월을 간직한 채
　　　혼신을 다해 몸부림치며 사모하던 열정도
　　　그대와의 맹세도 덧없는 내음처럼 사라져 버린다

　　　아! 금빛 같은 꽃망울 속에서 솟아나는 향은
　　　만인의 혼을 앗아가 버리고
　　　그대의 향취에 취해 뜨거운 열정으로
　　　깊은 밤 잠 못 이루며
　　　그대를 향한 사모의 정을 보냈던 것을

　　　이별이 나에게 노크한 것을 모른 채
　　　그대를 향한 사모친 그리움 접어
　　　한 떨기 금목서 꽃으로 피어나
　　　머언 곳 그대에게 전해주고 싶네

　　　인연이란 사람이 만드는 것,
　　　이제 내 손안의 자세로 돌아와
　　　잔디밭 위에 한 그루의 나무주인이 되려오

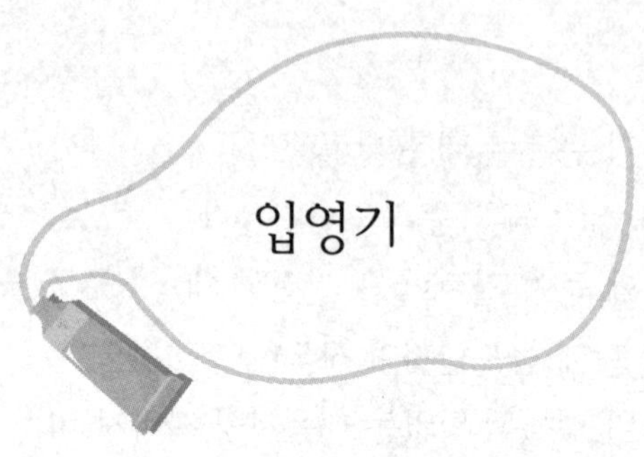

입영기

　　'ㅇㅇ년 3월 9일 창원 제39사단 입소'라는 영장을 받았다. 3월이면 우리나라의 계절로 보면 춥지도 덥지도 않아 훈련받기에 가장 좋은 시기일 지도 모른다. 그러나 그 해 삼월 초순은 꽃샘추위가 찾아와 아침이면 살얼음이 얼어 겨울의 마지막 발악이라도 하듯 매우 추웠다.

　나는 입영 전날에 중·고등학교 다닐 때 친하게 지내던 친구들을 초대하여 송별회를 가졌다.

　"무슨 현역으로 입대하는 것도 아닌 겨우 삼 주 후면 집으로 돌아오는 방발이(방위병)녀석이 무슨 송별회를 하느냐?" 하고 야유를 하는 친구도 있었다.

　그러나 나에게는 군복무라는 큰 의미를 가지고 있었다. 성인이 된다는 것은 나이로 볼 때 만 스물 살이면 되겠지만 나는 그것을 성인으로 인정할 수가 없었다. 이미 나이야 성인이 지났지만 아무런 책임 있는 행동 하나 할 수 없는 나약한 자신이 아니었던가?

그래서 하루라도 빨리 군에 가고 싶어 학교를 휴학하고 지원을 했다. 송별회에서 먹은 술은 어머니께서 손수 빚은 동동주와 막걸리였다. 그 때 어머님이 빚은 술은 가히 일품이었다. 달짝지근한 동동주는 누구나 먹기 좋게 빚었다.

대가족 구성에 언제나 손님 끊길 날 없는 집안에 어머님은 전통술을 빚는 방법을 누구보다 잘 알고 계셨다. 부산 친구들은 소주 맛에 길들여 진 터라 시골이 아니면 맛보기 힘든 동동주를 엄청 좋아했다.

그러나 '맛 좋은 술은 빨리 취하는 법' 동동주 너 댓 사발 마시고는 술에 취해 한쪽 구석에서 잠이든 놈이 있는가 하면 화장실을 가면서 가만히 서있는 나무 기둥을 받아 머리에 상처가 나는 소란을 떨었다. 원래 쌀로 빚은 술은 열량이 높아 순간적으로 취기가 오른다. 그 순간을 지내면 밤새워 마셔도 괜찮다. 부산 친구들은 1차에서 KO 되어버렸고 촌놈인 고향 친구들은 막걸리에 적응된 관계로 동동주 술타령을 불러 가면서 새벽녘이 되어서야 송별회를 마쳤다.

나는 삭발을 하고 입소하였다. 머리를 깎는 순간 거울에 비친 모습을 보고 있으니 조금은 서글퍼졌다. 누구나 한번은 겪어야 할 일들이지만 삭발을 하는 순간 현실을 느낄 수가 있었다.

우리 기수에는 약 400명의 젊은이들이 경남 전역에서 차출되었다. 그 속에 대부분이 중학교 졸업자였고 대졸자 내지는 대학재학중인 사람은 우리 내무반에서는 단 두 사람뿐이었다. 한사람은 나보다 나이가 다섯 살이나 많은 깡마른 몸에 키가 일 미터 구십센티 정도로 체격 조건에 결함이 많았고 내 자신은 시력이 나빠 보충역에 편입되었다. 비록 현역 근무는 아니지만 보충역 생활을 그리 쉽게 생각하지는 않았다.

이제부터 주어진 어떤 운명도 내 자신이 개척하고 싶었던 것이다. 입소하던 날 오후 2시경에 39사 연병장에 집합하여 신상 확인 후 개인 관물을 지급 받고 각 소대로 배치되었다.

물론 집합 첫날 훈련은 없었지만 내무반장이 훈련소에서 지켜야 될 규칙과 훈련일정에 대한 설명 그리고 각자의 역할 분담에 대한 책임 등의 정신 훈련이 있었다. 이러한 훈련소의 하루하루는 그야말로 힘들고 눈물겨운 연속이었다.

내무반장 왈

"나는 M1총 한 자루를 들고 백가지 이상의 기합을 줄 수 있다"고 엄포를 지르며 위협적으로 내무반 군기를 잡았다. 침상에 앉아서 차렷 자세로 그의 설명을 듣는 우리들 모두는 죽은 목숨처럼 생각되었는지 잡담하나 없이 그야말로 군기가 위협적인 언어 속에 꽉 들어 있었다.

입소하던 날 식사 당번과 불침번을 정하고 짬밥을 급식 받았다. 밥에서 나는 냄새는 역겹기 짝이 없었다. 그것도 그럴 것이 남북한 대립 체제로 있는 실정에서 전시를 대비해 군량미를 삼 년 간 보존한다고 한다. 그래서 군인들의 식량으로 이용되는 쌀은 삼 년째 보관된 것으로 급식하기 때문이라고 설명을 했다. 대부분의 소대원들은 숟가락을 들지 못했다.

내 자신은 지금부터 시작이라는 느낌으로 군대란 "악조건에 길들여지는 곳"이라 생각하고 "조금이라도 빨리 이곳 생활에 익숙히는 것이 유리하다"고 단단한 각오로 억지로 코를 막고 밥을 몇 숟가락 먹었다.

"먹지 않으면 훈련에 적응할 수 없다"고 선배들에게 많이 들어왔다.

참으로 구역질이 날것만 같았다. 깍두기 서너 조각에 그나마 다행한 것은 콩나물국은 제법 시원하였기에 밥 한술을 입에 넣고 국물을 먹으면서 억지로 삼켰다. 밥이라고 해야 찰기나 끈기가 있는 쌀도 아니었다. 사람의 뱃속에서 단지 풍만감만 느낄 수 있도록 할 뿐이었다.

고된 훈련은 저녁을 먹고 나서부터 시작되었다. 점호시간에 식기에 밥찌꺼기가 묻어 있다하여 40명의 식판을 내무반 침상에 흩어 버리는 순간 그 소리와 함께 우리들은 공포에 싸이기 시작했다.

내무반 마루 침상 끝 선에 맞추어 '3선 정열', '뒤로 취침', '앞으로 취침'에서부터 나에게는 가장 고통스런 순간은 '반성의 시간'이라 하여 무릎을 꿇고 앉아 양다리 발목 안쪽 복숭아 뼈가 침상 마루에 닿도록 앉는 방법이다. 허벅지 살이 많은 편이라 이것 자체가 되지 않았기에 눈치를 보아가며 한쪽 복숭아 뼈가 닿도록 앉다 보니 다리에 느껴지는 고통이란 이루 헤아릴 수 없었다.

저녁 10시까지 기합과 정신훈련으로 무장되어가고 비로소 군대란 어떤 곳인가 실감하게 되었다. 한편으로는 남자로서 의무를 다하고 있다는 자부심과 긍지를 느낄 수가 있었다. 다행히 첫날에는 보초와 불침번 당번이 아니어서 하루 동안 있었던 모든 것을 잊고 깊은 잠을 잘 수가 있었다.

이튿날 기상나팔과 동시에 훈련복 차림으로 연병장에 집합을 하여 P.T체조를 시작으로 연병장 구보와 그리고 아침 청소 후 식사를 했다. 이어지는 각종 훈련 중 PRI라 하여 사격전에 실시하는 기초 체력 훈련은 글자 그대로 팔꿈치와 무릎에 피가 나고 알이 박히는 훈련이었다.

뿐만 아니라 반복되는 제식 훈련, 철조망 통과에 필요한 각개 전투, 8km나 되는 사격장 이동시 군기를 잡는다 치고 M1의 긴 장총을 머리에 얹고 '오리걸음 걷기'와 살얼음이 얼어 있는 물 질 퍽한 논 건너갔다 오는 '선착순' 등 하나같이 힘들고 고달픈 훈련 생활이었다.

밤10시가 되면 취침하여 불침번과 동초를 선다고 중간에 잠을 깨우면 아무리 지친 몸이라도 단번에 일어나곤 했다. 밤늦은 시각에 보초를 서있노라면 막사 주변에 심어진 앙상한 플라타너스 나무 가지에 걸린 달은 보고 있으면 왠지 모르게 처량하게 생각되었다. 또 지난날들의 아련한 추억들이 생각나고 그리운 그녀의 얼굴이 보고 싶었다. 지금쯤 무엇을 하고 있을까 하는 생각으로 아무튼 모든 것이 궁금하기도 했다. 아니 새삼스레 몹시 그리웠다.

정말로 그녀와 사귀던 지난 시절들, 적어도 나에게 있어 그녀가 곁에 있는 한 아무 것도 부러워할 일이 없었다. 그러나 우리는 결별을 하지 않았던가? 그것도 내가 이별 선언을 하였다.

'너무도 사랑했기에 그녀의 행복을 빌면서' 말이다.

아무 것도 그녀를 위해 해줄 수 있는 것이 없을 때 그녀를 위해 할 수 있는 유일한 한 가지 방법은 '사라져 준다'는 것뿐이었다.

어쩌면 그런 이유 때문에 빨리 지원을 했을 지도 모른다는 생각이 들었다. 고요한 달빛에 그녀의 얼굴을 그려보며 잊기 위한 노력을 하였지만 가슴속으로 파고드는 그리움을 주체할 수 없어 남

몰래 흘린 눈물이 몇 번이 되던가? 좋았던 날들의 그녀와 언약도
생각이 났다.

　　패어진 심사는 산 어귀 냇물처럼
　　먼 세월 가슴 깊은 곳에 부딪히는 물줄기가 되어
　　머물지도 못하고
　　그리운 여울목 속으로 사라진다

　　서산에 해 기울어 산 그림자
　　여울목에 드리울 제 투영 환상 냇물에 어려
　　아! 그리움도 꿈이 되고
　　옛 언약은 여울목 따라 흘러간다

　　행운의 네 잎 클로버 이파리 따며
　　여울목 건너던 언약은 전설 같은 옛이야기로 남고
　　쪽빛 물 속 산 그림자 깨우고
　　흐르는 물줄기는 어우르지 못해
　　긴 파문을 일으키며 사라진다

　　검게 타오른 달빛 조약돌
　　별 바라보던 언약들은 전설 같은 옛이야기로
　　여울목 깊숙이 사라져간다

옆에 같이 서있는 전우와도 잡담할 수 없는 시간들. 그래도 우

리는 서로 전우애를 다지면서 하루하루의 주어진 시간을 흘려보
냈다. 처음에 밥을 먹지도 못하던 녀석들도 고된 훈련 속에 허기
진 배를 채우기 위해 식판 긁는 소리가 내무반 안에 진동을 하였
다. 역시 '군대는 길들여지는 곳' 이라는 실감이 들었다. 입소 며
칠이 지나자 같은 내무반에 있는 한 동료가 신체에 이상이 나타
나 낙오자가 되었다. 입대 전 친구들과 술을 먹고 술집 아가씨와
잠자리를 같이 한 것이 원인이 되어 성병에 걸렸던 것이다.

　부대 앞 특히 훈련소 주변에는 싸구려 술집들이 많이 있었다.
입대 한답시고 친구들이 아가씨들을 붙여 주어 잠자리를 같이하
고 입대하도록 장난을 친다. 나도 그럴 기회가 있었지만 차마 그
짓은 할 수 없었다.

　그 친구의 병명은 '급성 임질' 로 불알이 퉁퉁 붓고 걸음을 제대
로 걷지 못해 의무대에 입원하였지만 하루 이틀 만에 나을 병이
아니었기에 결국은 퇴소 명령을 받았던 것이다.

　생긴 것만 보아도 악질로 보이는 내무반장, 쳐다보기도 싫은 훈
련소, 제대하면 훈련소 방향을 보면서 오줌도 누지 않겠다는 전
우들의 투정들 속에 "좆 통수는 불어도 국방부 시계는 돌아간다"
는 말이 있듯이 시간이 모든 것을 해결하여 주었다.

　우리들은 무사히 3주의 고된 훈련을 받고 귀대 명령을 받았다.
일반 사병들의 절반 밖에 되지 않는 기간의 훈련 속에 기합과 군
기는 두 배 이상 받았다면 과언일까?

　나는 고향에 있는 '육군 공병학교' 에서 근무하도록 명을 받았
다. 전입 첫날 위병소에서의 신고식은 어찌 그렇게 힘이 들던지?
수차례 연습을 하였지만 상급자한테 직접 하기란 무척 어려웠다.

　내가 배치 받은 공병학교는 3개 대대로 편성되어 있는데 사단 본부 CP, 학생대, 근무대로 편성되어 있었다. 동기들은 10여 명이었는데 각 대대로 배치되고 나와 3명은 학생대로 보직을 받았다.

　학생대라는 곳은 입대 전반기 교육이 전투에 필요한 기능을 가르치는 곳이라면 후반기 교육은 군인들이 배치 받은 후 보직 수행에 필요한 기술적 교육을 가르치는 곳이 후반기 교육과정이다.

　그러한 공병들의 후반기 교육을 담당하고 있는 곳이 학생대로 신병교육과 하사관교육, 소위 임관 전 교육, 고급장교 즉 대위에서 소령 진급에 필요한 교육을 담당하는 곳으로 그들의 생활에 필요한 모든 것을 뒷바라지하는 곳이었다.

　나는 학생대 본부 중대병으로 '정비실'에 근무하라는 보직을 받았다. 정비실은 군복을 수선하거나 다림질하는 곳이었다. 수백 벌의 옷을 하루 동안에 사오명의 인원으로 다려야 할 때는 야간작업을 하면서 세탁으로 생긴 옷의 구김살은 다림질의 흔적만 남기고 스쳐 갈 뿐이었다. 그곳에서 다림질 기술을 사흘 만에 익혀 숙달된 조교로 변신을 했다. 그 와중에 재미있었던 일은 현역병들이 주말에 특박이나 휴가를 갈 때면 군복에 주름을 잡기 위해 옷 한 벌에 담배 한 갑을 어김없이 가져온다. 그것도 그 당시에 구하기 힘든 솔, 거북선 등의 최고급담배였다.

　내 자신도 처음에는 흡연을 하지 않았는데 이렇게 모아지는 담배들이 아까웠다. 그래서 아침, 점심, 저녁 식후에 한 개비씩 피워보았다. 처음에는 매시 꼽고 이상한 느낌이 들더니 곧 익숙해졌다.

　"식후 일 연초는 불로장생이라"는 말에 실감을 느끼듯이 맞이

좋았다.

젊음이 있기에 담배가 몸에는 해롭겠지만 정신 건강에는 필요하다고 느꼈다. 고달프거나, 힘든 일이 있을 때 한 모금 빨아들이는 그 맛, 정말 잊을 수가 없었다. 본의 아니게 끽연하는 횟수도 점차 늘어만 갔다.

그리고 농번기 바쁜 철에는 노력 봉사나 본부 중대 인사계인 선임 상사가 짓고 있는 논에 모를 심거나 추수할 시기에 대민 지원 나가는 시간이 그런 대로 여유가 있었다. 철조망 밖에서의 생활이 좀 더 자유스럽고 근무시간이지만 술도 한 잔 할 수도 있었다. 이런 생활 속에 눈에 보이지 않는 괴로움을 당할 때도 있었다.

"군대는 계급이다"는 말이 있듯이 방위병의 계급은 제대할 때까지는 이병이다. 그야말로 군대에서는 최고 졸병인 셈이다. 우리보다 늦게 전입 해온 기간사병들에게 말을 놓지 말라고 은근히 압력을 주곤 했다.

뿐만 아니다, 우리들은 집에서 부모님이 해주는 따뜻한 밥 먹고 출퇴근한답시고 겪었던 고통을 생각하면 몸서리 칠 때도 있었다. 오죽하면 주변 친구들이나 아는 사람들에게 "방위병으로 근무할 것 같으면 현역으로 지원하라"고 이야기를 했을까?

그러나 그 당시에는 학교 교련 교육에서부터 군대교육에 이르기까지 남북이 대처해 있는 상황을 강조하며 모든 것을 참는 인내심부터 교육을 받았다. 지금 사회처럼 개인의 인격을 존중받을 수 없었고 군대생활에서 구타나 기합은 상식을 벗어날 정도였지만 어느 누구에게 항변할 수도 없던 시절이었다. 그렇기 때문에 탈영사고는 부지기수였고 알 수 없는 사건사고는 얼마나 존재했을지 뻔한 이야기이다.

요즈음 젊은 세대들은 자식이 다 귀한 집안에서 태어났다. 귀해서 귀한 것이 아니라 그들 부모 세대에서는 형제들이 부지기수로 많았다. 그런 성장과정에 못 먹고 굶주린 생활을 하면서 고생하던 것을 생각해 자식을 하나나 둘 밖에 낳지를 않았기에 귀한 몸들이 되었다.

그래서 부모로부터 애지중지하면서 자라는 과정에서 소위 말하면 자기 밖에 모르는 개인주의 내지는 이기주의가 팽배해 있다. 그런 사회생활에서 인내심은 부족하고 또한 남을 배려하거나 이해하는 마음은 더더욱 모자란다고 생각된다. 과연 군대라는 억압된 사회에 그들이 올바르게 적응하면서 군대 생활을 한다는 것은 어찌 보면 굉장한 무리수가 따를지도 모르겠다.

그래서 그런지 모르겠지만 요즈음 군대 내에는 매스컴에 보도되는 사건사고가 비일비재하다. 연일 총기사고며 의문의 죽임을 당하거나 자살을 하는 극한적인 행동이 많이 발생하고 있다.

그것을 두고 언론이나 사회에서 '군 기강 해이'로 문제를 삼고 있다. 과연 그것이 정답일까 하는 생각이 많이 든다. 물론 인생사 문제에 정답이란 있을 수 없다. 그러나 최소한 우리가 안고 있는 문제를 한 군데 집착하며 그것을 매도하면 근본적인 원인을 찾을 수가 없다.

그렇기 때문에 문제는 우리 가정, 학교, 그리고 우리 사회가 모든 책임을 통감하면서 불행하고 슬픈 일을 당하지 않도록 노력하는 것이 최우선이 아닐까 생각한다.

아무튼 나의 군대생활은 정확하게 14개월 20일 만에 전역을 명

받았다. 수만 벌의 옷 다림질과 수백 벌이 넘을 옷 수선 기술을 아
직 한 번도 발휘하지 못하고 살아가고 있다.

나의 하루

　　피곤한 몸을 이끌고 잠자리를 떨쳐 나와 오늘 하루를
설계해 본다. 나 자신이 생활하는 학교는 대도시의 환경이나 인
문 고등학교 학생들이 갖고 있는 사고방식과 사뭇 다르다. 생활
공간 자체가 도시도 시골도 아닌 중소도시이면서 급격하게 변화
된 도시이고 실업계 학생들이기 때문에 청소년들의 생활면에서
많은 문제점들을 갖고 있다고 생각된다.
　그러기에 내가 맡고 있는 학생생활지도 업무가 학생들을 위해
무엇을 어떻게 이끌어 주고 도와주어야 되는지 하루하루 고심하
고 생각하며 살아가야 한다. 여덟 시 전후로 출근하여 교문지도
를 시작으로 하루 일과가 시작된다. 녀석들의 생활 모습을 보려
면 교복 입은 상태를 보면 그들 자신들의 정신 상태를 알 수가
있기에 복장 지도를 하지 않을 수가 없다. 다행히도 매일 아침
학생회 간부들과 학생부 선생님들의 노력 덕분에 상당히 정착이
되었다.

그래도 우리 선생님들의 지도 공백시간인 조례시간 늦게 오는
녀석들이 복장위반을 많이 하고들 한다. 소위 지각생들의 지도가
잘 이루어지지 않는 게 조금의 문제점이 있다.

그래서 몇 차례 부원 선생님 중 한사람을 담임 배정에서 제외시
켜 주변 지각생 지도와 복장 지도 등 등교 시 학생들의 지도가 이
루어지리라 생각되어 건의를 하였으나 학생부를 맡는 선생님들
이 대개가 젊고 지도력이 있는 까닭에 담임을 배제하기 힘든 실
정이다. 교육환경의 악조건들을 생각해보면 많은 것들을 생각하
게 한다.

내가 학생부를 맡으면서 많은 에피소드가 있지만 두어 가지만
적어 보겠다.

어느 날 하루는 꿈속에 현실의 한 학생이 학년 말 새 학기의 책
값을 내지 못하였는데 담임이 가정에 전화를 해서 학생이 책값
을 내지 못했으니 챙겨봐 달라고 부탁을 드렸다. 이튿날 학부모
가 학교를 방문해 담임선생님과 싸움을 하게 되었다. 이유는 어
제 담임이 전화한 학생이 교과서대금을 내었다는 학생의 말을
믿고 학부모는 화가 난 나머지 학교에 와서 담임선생님과 싸우
고 있었다.

그래서 내가 학생을 불러 자초지종을 물어보니 학생은 책값을
모두 쓰고 납부하지 않았다는 얘기였다. 결국 학부모가 선생님께
사과를 하고 간 별 대수롭지 않는 꿈 얘기이다. 아마도 꿈이 아닌
현실적 이야기 일 수도 있다.

요즈음 학부모들 자식들 말만 믿고 판단해버리거나 학교에 대
한 신뢰도가 땅에 떨어져 버렸다. 우리들의 교육현장이 참으로

어렵고 사회적으로 너무도 불신을 받고 있다고 생각하면 너무도
입맛이 쓰다.

내 자신은 다섯 해 동안 생활 지도를 맡으면서 만성 고혈압환자
가 되었다면 학생들로부터 받고 있는 스트레스가 얼마나 심각한
가를 이해가 될지 모르겠다. 특히 3월이 되면 신입생이 들어오고
자리이동에 따른 담임배정이 새롭게 되고 신학기의 생활지도가
일 년을 좌우 할 수 있다는 심적 부담에 두 해 전에는 며칠 입원한
적도 있었다.

그래서 해마다 신학기가 되면 생활지도 부장직을 사양해 보았
지만 실업계 학생들의 사고수습이나 생활지도 특성상 지역 출신
인 사람이 맡아야 된다고 하여 극구 만류하는 까닭에 어쩔 수 없
이 업무를 계속 맡고 있는 실정이다. 물론 최선을 다해 지도에 임
하고 있지만 부족한 점도 많다고 생각이 된다. 같은 부장직이라
도 생활지도만큼은 회피하는 사람들이 대부분이 아닌가?

길을 걷다가도 초등학생이나 중학생을 만날 때 저 아이들의
지도가 초. 중등에서 제대로 이루어 졌다면 하는 의구심도 갖게
되고 우리사회의 무관심에도 눈을 돌리게 된다. 지금은 청소년
보호법이 탄생되어 사회의 이목을 갖게 되었지만 과거에 어느
누구도 내 자식처럼 생각하고 그들을 지도하지 못한 까닭에 탈
선의 길을 걷게 된 학생들이 많다는 점에서 늦게나마 다행으로
생각된다.

또 다른 하나는 지도상에 생겼던 최악의 상태를 얘기를 해 보고
싶다.

어느 학과시간에 선생님이 판서를 하고 있는데 학생이 하품을

소리 내어 했다.

그래서 화가 난 선생님께서 "누구냐? 일어서라"고 했다. 잠시 교실 내는 침묵이 흘렀고 아무도 일어서지 않았다.

그러자 선생님께서 학생들을 추궁하여 결국 찾아내어 회초리로 한 대 때리려고 하자 손으로 그것을 막았고 결국 화가 난 선생님께서 그 학생의 멱살을 잡았는데 학생 역시 선생님의 멱살을 잡고 수업시간에 교실 바닥을 뒹군 사건이 생겼다. 결국 학생은 퇴학처리가 되었던 일이 있었다.

"지렁이도 밟으면 꿈틀거린다."

"고양이에게 쫓기는 쥐도 막다른 골목에서 고양이에게 대항 할 수 있다"는 우리 속담도 있다.

우리 교사들의 지도방법에도 약간의 문제가 있는 것이 아닐까 하고 조심스럽게 자문을 던지고 싶다. 무엇보다 학생들의 인성을 먼저 알고 지도할 수 있는 여유를 가져 주었다면 과연 그 학생이 퇴학되는 극한 상황이 발생 되었을까 하는 의구심을 가지면서 그래도 교사 지도에 항거한 학생을 묵과 할 수 없었기에 퇴학 처리를 하였다.

비슷한 유형에 의해 제적 처리된 어느 학생을 우연히 교외 지도 할 때 만난 적이 있다. 십일월 말이라 밤기운은 차가웠다. 문화체육관에서 시에서 주관하는 '청소년 가요제' 가 있던 날 우리학생들을 참관시킨 일이 있었다.

출입문 앞에 서서 학생들을 지도하고 있는 선생의 모습이 애처로웠던지 그녀석이 내 앞에 다가와 인사를 하였다. 그리고 잠시 후에 따뜻한 커피 한잔을 들고 와 "선생님 커피 한잔 드십시오"

하며 잔을 권했다.

비록 교칙에 의해 퇴학된 학생이지만 다른 녀석들 같으면 인사만 끄덕하고 스쳐 가는 녀석에 비해 남모를 인성이 있다는 것이다. 이 한 잔의 커피 속에 훈훈히 전해오는 녀석의 정을 느낄 때 내 자신의 책임에 대해 뒤돌아본다.

나름대로 학교생활을 성실히 수행하려고 노력을 해 보지만 뜻대로 잘 이루어지지 않는 경우도 많이 있다. 하루에 몇 시간 수업에 들어가 보면 학생들의 나태한 모습을 많이 볼 수 있다. 책도 없고 수업에 대한 의욕도 상실되고 그렇다고 다른 행사를 해보아도 아무런 의욕이 없는 녀석들을 데리고 교육을 한다는 것은 때로는 자신이 엄청난 비극의 주인공처럼 생각이 될 때도 많이 있다.

무엇인가 실업고 학생들의 획기적 교육방법은 없을까? 1시간 수업을 위해 교사들은 나름대로 사전 준비를 해 보건만 아이들의 반응은 무반응, 지나온 긴 시간들을 생각해보면 적지 않는 번뇌와 어려움도 많았다고 생각이 든다. 그래도 때로는 녀석들이 졸업을 하고 제 자신들의 몫을 하는 모습을 보노라면 조금은 위안이 되고 보람을 느낀다.

그렇다면 진정 이런 녀석들의 교육을 위해 내가 할 수 있는 것은 무엇인가? 어렵고 넓은 범위의 교육내용보다 좀 더 관심과 흥미를 고조시켜 학생들의 동기유발을 할 수 있는 교재를 만들어야겠다는 생각이 든다.

모든 교재들을 학생들의 흥미를 적극적으로 유발할 수 있는 교재 제작이 꼭 필요하다고 생각을 해 본다.

또 한 쉬는 시간이면 교·내외를 돌면서 녀석들의 흡연 단속도

해 보지만 너무나 많은 아이들이 흡연을 하고 있는 실정에 비해 중과 부족이다. 언젠가 설문조사를 해보니 중학교 졸업하여 입학한 학생들의 흡연율은 10~15%, 2학년 녀석들이 40~50%, 3학년 졸업시기에는 80~90%의 학생들이 담배를 피운다는 결과를 본적이 있다. 참으로 많은 문제가 제기 되는 부분이다.

이런 것들을 볼 때 학생들의 생활 지도는 담임의 역할이 아주 중요하다고 생각이 든다. 결석 많고 사고 뭉치학생들이 유달리 많은 어떤 학급에 담임을 새로이 배정하여 엄하고 끈질긴 지도를 한 결과 그들의 학교 생활태도가 급변하게 변하는 모습을 볼 때 더욱 실감나게 느껴진다.

출근을 해서 수업과 학생생활지도 및 상담을 하다보면 하루가 쏜살같이 지나간다. 머릿속에는 어찌하면 올바르게 학생들을 지도해야 하나 하는 문제를 갖고 고민을 한다. 요즈음은 통신이나 문화가 발달되어 학생들 가정에 전화가 다 있지만 십 수 년 전만 하더라도 전화 연락이 되지 않는 시골의 학생들이 결석을 할 때면 비포장도로에 자전거를 타고 가정 방문하여 학생들을 지도할 때가 생각이 난다.

이렇게 어려운 여건 속에 탈락되는 학생들이 없도록 지도하던 때에 비해 요즈음 우리 교사들은 너무 쉽게 학생들을 포기하지 않는가 하는 의구심을 가질 때도 있다. 우리 교사가 아이들에게 솟는 사랑과 관심만큼 학생들의 비행이나 중도 탈락이 없어진다고 한다. 그리고 지속적인 관심과 꾸준한 사랑으로 그들을 감싸준다면 결코 탈락학생이나 비행학생들이 없는 학교가 되리라.

더위 사냥

　봄, 여름, 가을, 겨울 사계절이 뚜렷한 우리나라를 살기 좋은 금수강산이라 부른다. 이러한 아름다운 환경을 가진 땅에 대기의 오염상태가 심각한 수준에 도달하여 지구의 이상기온인 '온난화현상'으로 인해 온도가 올라가고 또 다른 기상이변으로 말미암아 많은 재앙들이 초래되고 있는 현실이다.

　이러한 환경 오염문제나 대기의 심각성으로 인해 지구의 온난화 현상은 비단 우리들만의 문제는 아니다.

　그렇지만 사계성이 뚜렷한 우리들의 계절문제는 봄, 가을의 개념이 거의 없어지고 있는 실정이다. 새싹이 트고 꽃이 피는가 싶으면 기온이 올라가 오뉴월에도 무더운 여름 날씨로 변하고 봄다운 선선한 기후가 없다.

　가을 역시 마찬가지이다. 여름철의 무더위가 한풀 꺾이는가 싶으면 나무 잎새에 단풍이 들어 금세 추위가 찾아와 폭설이 내린다. 그렇다고 혹한 추위가 아닌 지루한 겨울이 되어 사람으로 하여금 무기력한 겨울의 긴 시간을 맞이하게 한다.

　겨울철 물 논에서 스케이트를 타며 얼음을 지치던 것은 옛말이 되어버렸고 여름에는 더위로 숨이 막힐 지경이다. 더군다나 건축 문화가 닭장 같은 아파트를 선호하고 빌딩과 같은 각종 건축물의 콘크리트에서 품어내는 열기는 여름이 올 때면 서민에게 큰 고통으로 자리를 잡는다.

　이럴 때쯤이면 더위를 식히려 산이나 계곡 또는 태양이 작열하게 비치는 바다를 찾아 피서를 떠나면 더위를 잊기에 안성맞춤이 되겠지?

　방학을 맞이해 일찌감치 피서를 다녀온 탓에 팔월 초순 한더위에도 불구하고 집을 지키고 있노라니 서향 아파트 거실로 찾아드는 석양의 햇빛은 숱제 아이들 말로 그 뜨거운 열기는 장난이 아니다.

　그래서 나는 일찌감치 저녁을 먹고 가까운 저수지가 있는 산촌을 찾았다. 해는 서산마루에 걸려있으나 어둠살이 질려면 시간 반은 족히 있어야한다.

　산길이지만 토속 음식을 파는 백숙 촌이 있어 시멘트 포장으로 잘 포장되어 있다. 도시 근교에서 나름대로 물과 산이 잘 어우러져 있는 운치가 있어 주말이면 자동차들이 자주 드나드는 곳이다.

　차를 한쪽에 세워두고 저수지 사이 길을 걸었다. 도심에서는 보기가 힘들어 진 고추잠자리 떼들이 무리를 지어 낮게 나르고 산언덕 소나무 등걸을 휘어 감으며 칡덩굴이 우거져 보랏빛 칡꽃에서 품어 내는 향긋한 향기는 오월의 아카시아 꽃향기처럼 은은히 풍겨 산골 마을을 찾은 보람을 느끼게 한다.

또한 주변 숲은 공작새가 깃털을 편 모습과 같은 자귀나무 꽃들이 아름다운 자태로 꽃망울을 터뜨리고 있었고 마을 어귀 도로 양쪽에는 산촌 동리 사람들의 정성으로 가꾼 나라사랑 무궁화 꽃들이 피어 여름이 깊어 감을 알리고 있었다.

성급한 상수리, 졸참나무들은 꼬투리를 더러 낸 체 곧 다가올 결실의 채비를 하며 깔깔 웃고 있다. 저수지 뚝 아래는 강태공들의 세월 잡는 낚시는 빤히 먼 물길 위 찌를 향해 시선을 던지며 명상에 잠겨 더위를 잊고 있는 것 같았다.

확 트인 뚝 위의 들 잔디에 앉아 있노라니 시원한 산바람들이 폐부에 묻힌 땀방울을 씻어 가버린다.

꿈이 있던 시절 마당에 멍석 깔고 모깃불 피워 놓고 밤하늘에 별자리를 보며 더위를 좇고 꿈을 키우던 시절이 그립다.

뒤돌아 볼 겨를도 없이 앞만 보고 달려온 지도 강산이 몇 번 변할 숱한 세월 속에 너무도 많은 것들을 잃어버렸고 이루어 놓은 것 없이 불혹의 세월을 넘어 버렸다.

사랑하는 부모님도 그렇고 단명에 간 형제들도 역시 그렇다. 학창시절 단짝이던 녀석들의 생사도 모른 체 수많은 시행착오 속에 세련되지 못하고 살아왔다. 나무의 나이테처럼 연륜이 쌓이고 영글어 질지는 모르겠지만 지난 것들을 뒤돌아보면 후회와 회한이 어찌 없을 수가 있겠는가?

그러나 아무도 우리들의 앞을 예견할 수는 없지만 매사 최선을 다하리라는 마음만은 변함없이 간직하고 실천하며 살고 싶은 욕망은 간절하다.

　그리고 이 무더운 더위보다 더 참기 힘든 것은 생활이 나태해지고 매사에 능동적이고 소극적인 태도로 변해 가는 자신의 모습이 안타깝기만 하다.

　가급적이면 모가 나지 않으려고 노력은 했지만 직설적 표현과 불의를 참지 못하는 성격 탓에 때로는 본의 아니게 거리가 벌어진 사람들도 있으리라 생각이 된다.

　골짜기에서 불어오는 바람결에 달아오르는 더위를 사냥하면서 부족하고 모자라는 것들을 반성하고 노력하며 이제부터라도 뒤돌아보면서 후회 없는 시간을 보내야겠다는 생각을 하면서 내일 또 다시 찾아오리라 생각한다.

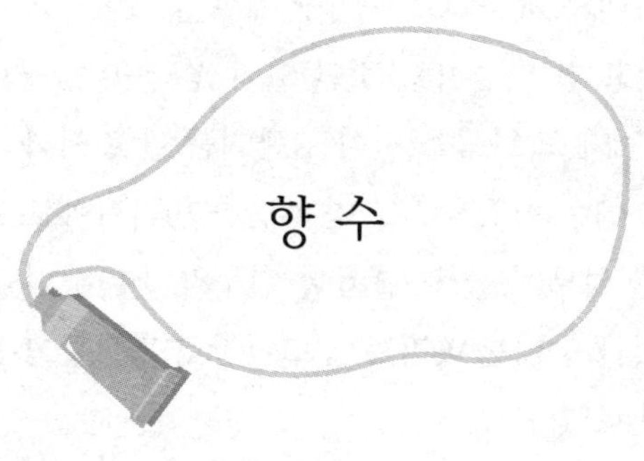

향 수

　　고향에 대한 향수야 누구나 다 있을 법하다. 우리나라의 국민 소득이 6.25전쟁이후 60년대 초반까지는 오히려 북한 보다 GNP가 떨어지던 시절이 있었다. 사람들은 굶지 않으려고 각고의 노력을 통해서 궁여지책으로 먹을 것을 생산하여 자급자족이라도 해야만 했다.

　공장이라고는 거의 전무하던 시절에 오로지 '農者 天下之大本' 이라 하여 농업에 생계의 모든 것을 맡기고 땅에서 수확물을 생산하는 방법 밖에 거의 몰랐다. 그 시절에 성장기반을 가진 우리 기성세대들에게는 특히 고향이라는 의미는 남다르리라 생각된다.

　농번기가 되면 비지땀을 흘리며 뼈 빠지게 노력하여 자식들의 교육 뒷바라지에 온갖 정열을 쏟았던 덕분에 그들이 훌륭히 성장하여 오늘의 우리나라가 잘살게 된 원동력이 되었던 것은 사실이다.

우리 집도 내가 초등학교 졸업할 때까지 아버지께서 밭 언덕에 원두막을 짓고 참외 농사를 짓던 일이 생각난다. 구덩이를 파서 나무기둥을 세우고 각목을 걸쳐 널빤지를 깔고 서까래를 걸쳐 그 위에 짚으로 엮은 이엉을 얹으면 웬만한 비바람에도 끄떡도 않고 여름 한 철을 보낼 수 있는 훌륭한 원두막이 탄생되었다. 그곳에 앉아 언덕 아래 동네를 바라보면 그야말로 평화롭고 조용한 시골의 운치 그대로였다.

일손이 바쁘면 참외 순지르기와 덩굴아래 밀짚을 깔아주는 역할은 나의 몫이기도 하였다. 이렇게라도 일손을 거들어 주어야 원두막에서 지낼 수 있는 특권이 생기기 때문이다. 샛노란 참외 꽃이 피어 벌과 나비들이 수정을 해서 열매들이 탐스럽게 익어 갈 때면 아버지를 졸라 친구들과 파수꾼을 자초하며 원두막에 초롱불 밝혀 밤이 늦도록 밤하늘에 별빛을 바라보면서 이야기를 하며 우리들의 꿈을 가꾸던 그런 시절이 생각난다.

　　뙤약볕 햇살 아래
　　고추잠자리 떼 나지막이 창공을 맴돈다
　　짙은 녹색 이파리 엉긴 덩굴사이
　　샛노란 참외 탐스럽게 영글어 가고
　　밤이면 이름 모를 풀벌레 소리
　　물 논 개구리의 대 합창은 온 들녘을
　　심포니 오케스트라 광장을 연상케 하네

　　칠팔월의 더위를 쫓아 밤이면

원두막에 모여 이야기 꽃 피우며
먼 세월을 꿈꾸었지?

반딧불 잡아 손아귀에 넣어
어둠을 밝히는 신기함에
흘러간 동화 나라 이야기 속삭이고
유난히 빛나던 별빛을 바라보면서
우리들의 부풀은 가슴을 채우며
먼 세월을 약속했었지

돌아오지도 이루어지지도 않는
우리들만의 꿈을 가꾸던 시절!
아련한 추억 속에 잠재워진
아버지의 정이 흠뻑 담긴 내 고향 원두막은
아직도 나를 기다리나?

　내가 태어난 고향을 떠나 처음 객지라고 생활하기는 중학교를 졸업하고 부산으로 진학하여 영도에 계신 할아버지 댁에서 고등학교를 보낼 때였다. 마음만 먹으면 언제라도 부모님이 계신 고향으로 달려갈 수 있는 지척임에도 유별나게 고향을 그리워했다.
　그 후 대학을 서울로 진학하여 제법 객지다운 생활을 하면서 향수라는 단어를 알게 되었고 숱한 날들을 한강 백사장으로 달려가 노래를 부르며 고향의 그리움을 달랬다.
　그리고 사회에 진출하면서 서울의 직장을 마다하고 무작정 낙향하여 고향에서 새로운 직업을 선택해서 생업에 종사했다. 그러다가 70년대 후반에 유류 파동으로 인하여 건축업을 그만두고 교직이라는 새로운 직업을 선택해야했다.

내가 교직생활을 이십 수년을 하면서 고향을 떠나 생활한지는 불과 사년밖에 되지 않는다. 이토록 무엇이 고향을 떠나지 못하게 하는가 하는 의구심이 생겨 스스로 질문을 해본다.

옛 친구들도 대개가 고향을 떠나 도시에서 자신들의 생업에 종사하느라 만나기도 힘들고 부모 형제도 모두 떠나고 안 계시는 고향이 왜 그렇게도 마음에 남는 무거운 향수로 달려오는 것일까?

타지에서 생활할 때 일이 생각난다. 문득 잠자리에 들면 창밖에 밀려드는 달빛은 나의 마음을 언제나 고향으로 안내를 한다. 그것도 모자라 그리운 고향의 옛 모습이 꿈속에서라도 나타날까 하여 머리를 항상 고향 쪽으로 두고 잠을 청하곤 하였다. 언젠가 고향에 대한 꿈을 꾸다 문득 일어나 멍하니 앉아서 몇 자 적어 본 글이 있다.

    내 마음 한구석 지울 수 없는 그림자
    숱한 세월이 흘러가도 변함없는 투영들
    언제나 꿈속에는 옛 것이 그대로 인데
    둘러보아도 손에 닿는 것은 없고
    빈 머리 누워 잠 청할 제
    오 척 가까이 라도 고향 향해 머리 눕힌다

아 ! 흰빛 모습으로 정겹게 다가올 때
뒤적뒤적 몸부림치며 손짓해보건만
이룰 수 없는 꿈속이 되어 버리고
달 구름은 이정표 되어 발길 재촉하고
뒤돌아보는 세월은 흰머리만 뿌린다

　고향은 사람들에게 꿈의 발원지요, 가슴 깊숙이 간직한 신비의 보금자리라 생각된다. 자신이 성공해서 돌아가 고생담 내지는 성공 사례 담을 극본의 주인공처럼 나눌 수 있는 곳이 있기에 모든 고난과 고생을 감수하며 영광의 그 날을 향해 노력하는 이유도 여기에 있다.
　그러나 세월은 나를 위해 기다려 주지 않는다. 어느덧 머리는 반백의 중년이 되어 버리고 자신이 그토록 염원하던 모든 것들이 그 곁에 없음을 감지할 때 생의 무상함을 느끼는 것이 아닐까?
　이토록 인간에게 고향이란 단어는 쉽게 지울 수 없는 글이 되지 않는가? 비록 실제 고향의 향수가 없다고 하더라도 마음속에 깊이 간직할 수 있는 고향, 영원히 아름다움으로 존재할 마음의 고향이라도 만들자.

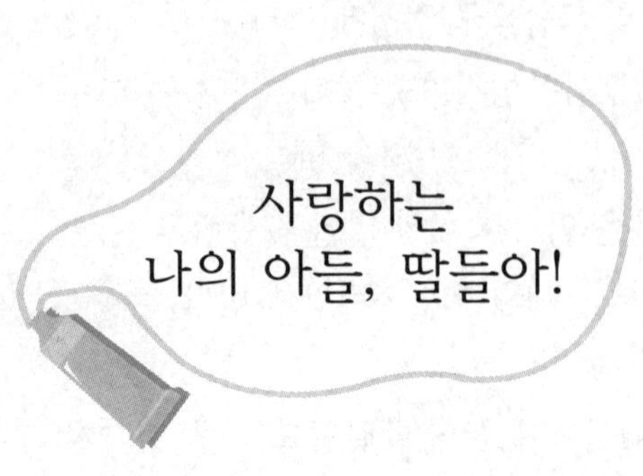

내가 교직에 들어와 2년째 되던 해 고향에 들어가 정착을 해야겠다는 생각으로 그 이듬해 내신을 냈다. 왜냐하면 사람을 나무와 비교 해보면 "자꾸 옮겨 심어진 나무는 크게 자랄 수 없다"는 결론이다.

그래서 조금이라도 일찍 고향에서 정주를 하며 지역 후진들의 정신적 지주로 조금이나마 기여하고 싶은 생각이 들었기에 많은 추억을 간직한 첫 부임지를 떠나왔다.

그리고 얼마 있지 않아 고향에서 사단법인체인 청년회의소(JC)에 가입하여 나름대로 사회 봉사활동을 하며 인생을 느끼고 배우려고 애를 써보았다. 그러나 그 곳 구성원들 대부분은 지역에서 자영업을 하고 있거나 젊은 나이임에도 나름대로 성공한 사람들이었다. 직장 생활을 하며 혼자 벌어서 활동하는 어려움도 많이 따랐지만 십여 년을 활동하며 연령 제한인 마흔까지 많은 것을 배우고 실천하며 살았다.

지금 까지도 잊지 못할 일들은 청년회의소(JC)에 가입하여 얼마 되지 않아 연수를 받은 일이 있었다. 그 때 JC 신조와 성공한 삶을 살기 위한 인생 설계 3단계 내용이 무척 감명 깊게 다가왔다. JC신조 내용은 "인류는 국경을 초월하여 형제가 될 수 있으며…… 인류에의 봉사가 인생에 가장 아름다운 사업임을 우리는 믿는다"라는 내용이다.

내 자신도 인류에의 봉사가 가장 아름다운 사업이라 생각하며 나름대로 작은 것부터 그리고 가까운 것부터 실천하며 살아보려고 노력을 해왔다. 그리고 성공한 삶을 살기 위해 인생 목표 3단계 실천 과정을 마음속에 새겨두고 사랑하는 나의 아들, 딸들(제자)에게도 언제나 당부를 하는 말이다.

요즈음 청소년들은 자기 목표 의식이 부족하고 의지력이 약한 까닭에 그 의미는 더욱 가슴에 새겨볼 필요한 내용이 아닐까 생각이 된다. 사람들이 가진 꿈은 나이가 들면서 현실성을 갖게 된다. 어릴 때나 초등학교에서 가졌던 이상적인 꿈들은 고등학교나 대학생이 되면서 그 꿈은 현실적이 된다. 현실적이라 함은 자신의 위치와 능력을 고려하고 주변 여건을 감안하여 목표를 설정하게 된다는 것이다. 이렇게 삶의 목표를 설정하고 나서 추진하는 과정의 3단계는 다음과 같다.

첫째는 단기 목표 설정이다. 단기 목표라 함은 1~3년 정도 계획을 세워 실천할 수 있는 목표 설정이라고 할 수 있다. 감수성이 예민하고 생각이 많은 청소년들에게는 우선 입시에 대한 관문의 장벽을 넘는 것이다. 고입이 그렇고 대학 진학을 위한 입시장벽이 그렇다.

　우리들의 입시 체제가 불합리하게 이루어진 구조를 탓하지 않을 수 없지만 학습의 차이에 의해 인문계와 실업계로 나누어진다. 내 자신은 실업학교 교사로 오랫동안 봉직해 오던 터라, 우리 학생들에게 나름대로의 진로 선택에 대해 최선을 다할 수 있는 것들을 강조하곤 한다.

　실업고교생들의 진로는 대개 2가지로 들 수가 있다. 하나는 실업계 내에서 동일계열로 진학하는 방법이다. 이것은 근간에 와서 실업계고교 학생들을 위한 교육 문호가 많이 개방되어 가고 있는 점에서 찬사를 보내고 싶은 부분이다. 내신 관리 철저, 기능사 자격획득, 방과 후 과외 활동을 통한 자신의 기능 개발을 통한 우수성을 인정받음으로 해서 상급학교로 진학하는 방법이다.

　두 번째는 취업에 대한 자신의 기능 연마가 되리라 본다. 인간은 무한한 잠재의 가능성을 가지고 있다. 아무리 지능지수 낮은 사람이라 할지라도 자신만이 가질 수 있는 특수한 재능을 가지고 있다는 것이다. 수족을 쓰지 못하는 장애인이 입이나 발가락을 이용해 그림을 그리거나 글을 쓰며, 컴퓨터 키보드를 자유자제로 두들겨 컴퓨터를 활용하는 것을 얼마든지 볼 수가 있다.

　우리 청소년들은 자신의 장점을 발견해 내지 못하는 안타까움을 가지고 있다. 그것은 자신과의 투쟁이 있어야 찾을 수 있다. 도전을 해 보지도 않고 모든 것을 자포(자기 스스로 포기함)자기하는 행위는 용납 될 수 없다.

　도전하라! 그것은 젊음이 가질 수 있는 특권이요 마지막 권리인 것이다. 이렇게 사람은 항상 많은 시행착오를 거치면서 자신에게 맞는 무엇을 찾을 수 있다는 뜻이다. 따라서 단기계획이란 중·고등학교 시절 가질 수 있는 꿈의 실천이라 할 수 있다.

둘째는 중기 계획이다. 중기 계획이라 함은 3~5년의 기간에 이루어 질 수 있는 목표 설정이다. 이것은 대학을 졸업하고 난 후와 군 복무 후 자신이 어떻게 변신되느냐는 문제라 볼 수 있다. 다시 말하자면 사회 진출에 따른 모든 준비기간이라 보아도 될 것이다. 물론 대학에 들어갈 때 학과 선택에 많이 좌우되기는 하겠지만 그 후에라도 자신의 적성과 무관할 때 전과를 통해서 새로이 변경할 수도 있다.

또, 전공학과와는 무관한 취업처를 구해 일생동안 그 길을 걸어가야 한다든지, 또는 남자들은 군대를 입대해야 하는 데 2~3년 정도를 어떻게 하면 보람 있고 계획된 삶을 살 수 있을 것인가 하는 문제와 결부되는 아주 중요한 시기이다.

내가 아는 한 청년은 고등학교 졸업 후 취업을 해서 알뜰히 돈을 모아 군대 입대하면서 그의 부모님께 송아지 4마리를 사드렸다. 그가 제대를 해서 돌아올 때 소가 십 수 마리로 번식해 있었다. 물론 부모님들의 많은 노력과 지원이 있었지만 그것이 바탕이 되어 지금은 엄연히 대 목장주가 되어 제법 성공한 사람으로 변신해 있는 점을 볼 때 우리가 할 수 있는 자그마한 것에서 열심히 노력하여 근검절약한다면 보다 쉽게 성공의 기틀을 마련하지 않을 까 하는 생각이 든다. 그리고 매사에 생각을 갖고서 노력한다면 꼭 목표가 달성되리란 생각이 든다.

마지막 단계는 장기 계획이다. 많은 시간과 노력이 요구되는 시기이다. 이 시기는 흔히 성공된 삶을 살아가느냐, 낙오된 삶을 사느냐 하는 갈림길이기도 하다. 사람들이 갖는 직업의 종류를 보면 선진국인 미국은 10만 여종이 되고, 한국은 3만 여종이 된다고 한다. 이렇게 문화가 향상됨에 따라 직업은 보다 세분화 되고 또 다른 직업들이 발생한다.

우리들의 신성한 아이디어와 창의적 발상으로 처음 목표보다 변경된 삶을 살아갈 수도 있다. 그러나 중요한 것은 얼마나 성실하고 꾸준히 실천하는가에 따라 좌우된다는 생각이 든다. 흔히 우리 학생들에게 "20년 후 아니면 50대의 나는 어떤 모습인가를 스케치해 보라" 고 하면 제각기 다양한 글을 적어 놓는다.

그렇다. 그것은 우리들의 꿈이요, 이상이며 희망이기에 단기 계획을 밑거름으로 중기 계획을 꾸준한 노력으로 실천한다면 20년 후의 모습이 우리가 스케치 한 모습으로 저절로 이루어지는 것이 아닐까?

끝으로 나는 이 한마디를 하고 싶다. "생각하고 노력하며 실천하라. 그리고 봉사하는 마음으로 살아가라. 그러면 비록 우리들이 어떠한 위치에 있다하더라도 실패한 삶은 아니다"라는 생각이 든다.

사랑하는 나의 아들, 딸들아 !

"삶에 대한 목표의식을 가져 달라"는 얘기를 하고 싶다.

우리가 흔히 목적지가 없이 바다에 떠도는 배를 난파선이라 부르듯이 인생에 있어 목표 없이 산다는 것은 곧 인생에 낙오자로 분류할 수 있다.

고난과 어려움을 무릅쓰고 정상을 정복하는 산악인들은 왜 험난하고 힘든 산행을 하는 것일까? 아마도 그것은 정상 정복이란 도전적 목표가 주는 쾌감을 만끽하려는 것일지도 모른다.

우리들도 작은 목표에서부터 하나하나 목표점까지 순간마다 느낄 수 있는 쾌감을 위안 삼아 우리들이 스케치한 자신의 모습을 찾도록 노력하자.

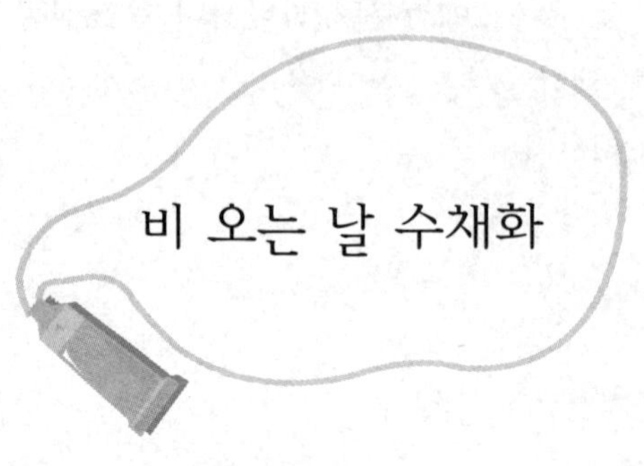

해마다 이때쯤이면 이방인처럼 찾아오는 태풍은 강한 비바람을 동반하여 한여름의 더위를 한풀 꺾어 가려는 기세로 우리 곁으로 다가옵니다. 뿐만 아니라 그 피해는 실로 엄청날 때도 있습니다. 사람의 힘으로 자연적 재난을 피할 순 없지만 우리는 항상 유비무환의 자세로 겸허히 받아들이고 있기도 하지요.

나는 어릴 때 추억 속으로 밀월여행을 하고 싶어 비바람이 몹시 부는 날 우산을 들고 집을 나섰습니다. 뚜렷이 갈 곳은 없지만 물이 흐르는 개울을 찾아갔습니다.

가지가 찢겨져 나가고 나뭇잎이 땅바닥에 내동댕이쳐지고 과일나무에 매달린 열매가 비바람에 맥없이 떨어지는 모습을 볼 때 어린 시절에 겪었던 사하라 태풍의 위기감을 충분히 떠올릴 수 있었답니다.

지구촌 어느 한 곳인들 오염되지 않고 깨끗한 곳이 있겠냐마는 억수로 쏟아지는 빗물에 하천의 물바다가 오염된 모든 것들을 씻어 버릴 때 어쩌면 내 마음속에 있는 찌꺼기마저 씻어버리는 시원함을 느낄 수가 있습니다.

그러한 비바람 속에 받혀 쓴 우산은 아무 소용도 없이 세찬 비바람에 찢겨져 비를 흠뻑 맞은 생쥐 모양으로 나의 모습은 초라하게 되었습니다.

문득 먼 어느 날, 오늘처럼 비가 흠뻑 오던 날이 생각났습니다. 좁은 우산 하나에 두 사람은 어깨를 포근히 감싸 안고 여인의 옷이 젖을까봐 노심초사하며 걷던 일이 아련히 생각납니다. 빠른 시간은 나 자신을 이렇게 먼 곳으로 밀어 버렸지요.

나는 낯선 어느 집 담장 아래 심어진 도라지 두 포기를 뽑아들고 집으로 가져가 작은 화분에 두 포기를 같이 심어 내 창가에 두고 볼 생각입니다.

언제나 가까이 있으면 다가갈 수 없는 미련함에 돌아서서 후회를 거듭하는 자신이 싫어 훌쩍 먼 곳으로 여행을 떠나 자신감 있는 자세를 배우려하였습니다. 막상 그대 앞에 서고 나면 내 스스로 두터운 콘크리트 옹벽을 쳐서 벽을 만드는 우둔함에 그대를 남들처럼 쉽고 편안하게 바라볼 수 없는 내 자신이 결국 무거운 짐을 벗어 던지지도 못한 채 그대를 떠나버리는 미련한 실수를 하였답니다.

Song!

세월은 모든 병을 치유할 수 있다고 하지요?

그러나 날이 갈수록 마음에 깊은 상처가 되어 하루에도 수십 번씩 그대가 머물고 있는 하늘을 쳐다보며 긴 한숨의 늪을 벗어나지 못하고 있답니다. 뼈저린 후회와 번민 속에 겪는 갈등은 결코 나란 존재를 행복한 삶의 주인공으로 만들지는 못하는구려.

나는 물이 고인 연못 앞에 서 있습니다.

연못에 고인 물은 유속이 없지요? 연꽃의 넓은 잎사귀에 억수같이 쏟아지는 빗물은 제 몸에 눈물을 흠뻑 토해 내고 꽃잎을 조아려 해탈의 경지를 얻을 양 연 분홍 붉은 빛을 발하며 한 송이 꽃으로 피어난답니다.

그리고 가득히 고인 연못은 그것을 다 수용하고 잔잔히 연잎을 감쌉니다.

불가에 유아독존(唯我獨尊)이란 말이 있습니다. 그리고 연꽃은 해탈을 의미하기도 하지요?

나는 그러한 연꽃을 유심히 바라보면서 작은 깨달음을 얻었습니다. 연은 물이 흐르는 냇가에서는 자랄 수가 없답니다. 또한 물이 얕은 곳에서도 제대로 생육을 할 수가 없지요.

그것이 꽃을 피우려면 적어도 길게 뻗어 나온 잎줄기와 꽃대를 지탱해줄 수 있는 물과 흙이 필요합니다. 고로 삼라만상에 유아독존은 없다는 뜻입니다.

만물의 이치가 서로 하나로 자연스럽게 어울릴 때 비로소 해탈의 경지가 저절로 온다는 깨달음입니다. 그 모든 이치가 자연스럽다는 것은 순리를 따를 때 비로소 터득할 수 있음을 뜻하는 것이 아닐까 생각합니다.

그러나 이것은 수행이 없는 중생들은 견디기 힘든 고통과 번뇌가 되겠지요.

창밖에는 비가 오고
따스한 체온이 그리워
젊은 어린 시절로 떠난다
머물 수 없는 시간들이기에
이렇게 서로 먼 곳에서
과거 밀월여행을 떠난다

젊음이 있기에 사랑이 있었고
우둔하고 패기 없는 자는
미인을 얻을 자격이 없어
뒤돌아 앉은 숱한 세월 속에
번민만 겹겹이 쌓이고
도라지 두 송이 창가에 심어
달빛 떠도는 밤이 찾아오면
흰빛, 보랏빛 꽃송이에
그리움으로 감추어 둔다

부산 갈매기

　　부산은 바다를 끼고 있는 해안 도시로서 우리나라 제2
의 도시이다. 확 트인 바다만큼 시민들의 너그럽고 이해심 많고
어느 고장보다 인심이 후한 것이 부산의 자랑거리라 할 수 있다.
또 자연경관이 아름답고 바다를 끼고 있는 특성상 해수욕장으로
유명한 해운대, 광안리, 다대포를 비롯해서 태종대와 금정산 산
자락에 자리 잡고 있는 옛 고찰 범어사 등 수없이 많다.

　그중에서 인간애가 물씬 묻어나는 남포동을 중심으로 자갈치,
광복동, 국제시장, 용두산 등 부산문화의 중심지에 대해 피력해
보고 싶다.

　부산을 처음 찾는 사람이라 하더라도 쉽게 정취에 젖어들 수 있
는 것은 젊은 세대들에게는 아득한 옛날 한국사의 비운으로만 생
각하겠지만 1950년 발발된 6.25사변이라는 동족상잔의 비극을
기억하는 기성세대들은 숱한 애환이 깃든 곳이기에 한 시대 삶의
터전, 향수가 아른거리는 곳으로 많은 사람들의 가슴속에 남아

있으리라 믿는다.

영도 대교를 끼고 있는 과거 부산 시청에 자리한 곳이 용의 꼬리 부분에 해당되는 용미산을 기점으로 용의 머리 부분인 용두산까지는 참으로 많은 이야기 거리가 깃든 곳이다.

아파트 문화가 전무하던 옛 시절에 처음 부산을 찾은 어느 국내외 여행객이 밤배를 타고 부산항에 입항하는 배의 갑판에서 밤의 야경을 바라 본 느낌을 이렇게 말하였다고 한다.

"부산에는 고층 빌딩이 굉장히 많이 있다"고 하면서 마치 부산이 상당히 발달되어 있는 투로 말을 하였다고 한다. 지금이야 아파트도 많고 고층 빌딩도 많이 있지만 과거에는 좀 다른 해석이 아닐까 생각한다. 이것은 낮에 바라보는 부산항은 도시의 중심에는 산으로 되어 있고 산 비탈길에 판잣집 같은 것들이 즐비하게 지어져 있다. 멀리서 본 야경은 아마도 산 위의 불빛을 보고 고층 빌딩의 건물로 착각할 수 있다는 에피소드다.

해질녘 석양 아래 자갈치 부두의 해안가는 언제나 그렇듯이 많은 직장인들에게는 보금자리와 같은 곳이다. 근로자들이 언제나 부담 없이 하루의 회포를 풀어갈 수 있는 곳이다. 한 때는 이곳에 홍콩 바라 하여 밤이 되면 선창가에 즐비하게 천막을 치고 자갈치 아지매들의 손님 부르는 고함소리와 꿈틀거리며 서로 엉기듯 갖은 양념에 버물어진 갯장어를 숯불에 굽는 냄새는 시장기 도는 해거름의 그 향기를 표현할 수 있는 작자가 있다면 한 번 표현해 보라.

부둣가에서 막노동을 하고 하루 일과를 마친 노동자들이 난간에 앉아 소주 판을 벌이며 오가는 행인들의 걸음을 멈추게 하였다.

이러한 어시장도 시대적 요구에 따라 홍콩 바도 사라지고 상가 건축물 속으로 들어가거나 규격화된 좁은 천막 속에서 장사를 하는 탓에 손님을 끌어들이는 호객행위도 지금은 없어져 그때의 구수한 인정미도 세월의 뒤안길로 사라져 버린 지 이미 오래다.

영도에서 자갈치를 잇는 통통배는 전차와 더불어 영도시민들의 교통수단이었고 하루에 두 번씩 들던 영도다리도 이미 오래 전의 이야기이다.

텔레비전이 귀하던 시절 남포동의 극장가는 또 젊은 세대들의 환락가가 아니던가?

동명 극장이나 부영 극장 등은 그래도 동떨어진 서울 문화를 가장 먼저 받아들이는 곳이기도 했다. 중·고등학교 학생들은 단속하는 선생님 몰래 영화 한 편을 보기 위해 극장가 주변을 얼마나 기웃였던가? 지금 생각해보면 자유 없이 억압당하고 구속의 굴레 속에 살았지만 오히려 한 여름의 뙤약볕보다 겨울 창틀 사이로 스머드는 햇살이 더 가치 있고 따스함을 느낄 수 있듯이 우리들의 세대는 그런 대로 사회적 여건에 만족하면서 살았다. 극장가 큰 도로 건너서 시내가 광복동 번화가와 국제시장이 펼쳐진다.

수입이 제한되던 시기에 국제시장 안에 있는 깡통시장에 가면 미군 부대에서 흘러나온 외제 상품들이 판을 치고 있다. 빈부의 차이라는 격세지감을 느끼기에 충분할 정도로 없는 물건이 없을 정도로 외제 상품이 즐비하다.

또 부산·경남 사람들은 국제시장에서 생활필수품에서 의류까지 값싸게 살 수 있어 많은 사람들이 이용하기도 하며 특히 젊은 사람들의 패션을 창조하는 부티크 상품들도 광복동 번화가를 중심으로 많이 진열되어 있다.

　용두산 공원으로 올라가는 길은 미문화원, 미화당백화점 그리고 광복동에서 가장 많은 계단을 통해 용두산을 올라갈 수도 있다. 지금이야 주변 환경도 많이 바뀌고 각종 새로운 시설물들이 설치되어 보다 편리하고 쉽게 이용할 수 있도록 되어 있다.

　기억 중 하나는 대학시절에 즐겨갔던 용두산 언덕 계단 어귀에 유명한 어갈비 대포 집이 있었다. 불빛이 하나 둘 켜지는 저녁이 되면 많은 사람들이 모여들기 시작한다.

　자갈치 선창에서 가져온 싸고 싱싱한 고등어를 연탄 화로에서 갓 구워 막걸리 안주로 먹는 맛은 가히 일품이었다.

　화로에 나오는 숯불연기는 우리들의 얼굴에 맵고 눈물겨운 사연들을 만들곤 했다.

　백화점이라곤 전무하던 시절, 그래도 몇 층 건물에 갖가지의 상품들을 판매하던 곳도 세월의 변화 속에 사라져 버리고 상상하기 힘든 정도의 고층건물에 휘황찬란한 실내 장식과 상품들이 진열된 백화점들이 개원되었다.

　용의 머리 용두산 타워에서 바라보는 부산 야경은 그야말로 백미라고 할 수 있다. 어두운 수평선 위에 떠 있는 많은 배들. 어렴풋이 보이는 오륙도의 아물거림. 부산 시민들의 휴식공간으로 나무랄 데 없는 곳이다. 낮이면 수많은 비둘기 떼들이 광장의 바닥에서 한가로이 관광객들이 던져주는 먹이를 쪼아 먹고, 많은 외로운 독거 노인네들이 날이면 날마다 찾아와 양지 바른 곳에 모여 그들의 여생을 소일하며 보내는 곳이기도 하다.

남포동 밤거리 골목마다
연인들의 낭만과 애수가 깃들고
부둣가 뱃고동 소리는
잃어버린 향수에 젖게 하네

한 시절 피난민들의
삶과 애환이 깃든 거리지만
그 모습 찾을 길 없고

용두산 돌계단 계단마다
아롱져 새겨진 추억이
눈물에 젖게 한다네
굽이굽이 바라보이는 찬란한 밤거리는
향수에 젖어 나를 울린다

자갈치 아지매 목소리가
귓전을 맴돌고
선창가 갯장어 향기에 젖어
기울이는 한잔 술은
아련히 잊혀진 옛사랑이 생각나게 한다

이 밤이 다 가도록
사랑의 이별이 아쉬운 듯
가로등 불빛 하나 둘 꺼져 가는 고요한 밤

밤하늘 별빛은 빛을 잃고
별 하나에 추억을 싣던
처자는 떠나고
아무리 불러도
돌아올 줄 모르는
메아리만 남포동 밤거리를 맴도네

자갈치 아지매 목소리는 포구의 뱃고동 소리와 더불어 파도소
리에 밀려오는 여운과 함께 부산 갈매기 떼 울음소리에 묻혀 밤
의 정적을 깨고 오늘도 나의 귓전을 맴돈다.

어머니

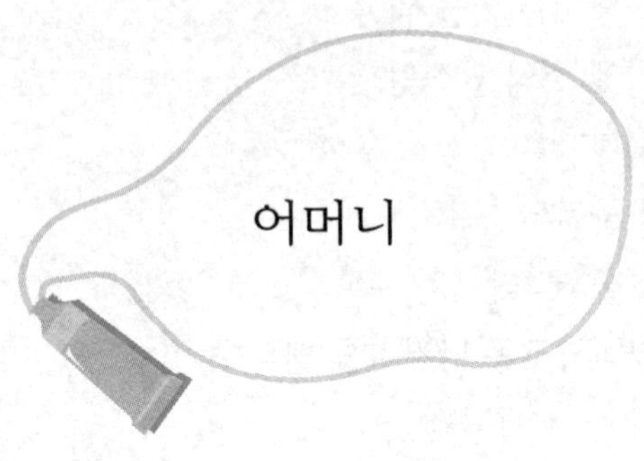

　　내가 생각하는 어머니상은 우리 근대사의 격동기만큼 어려웠던 한이 서린 모습이 아닐까 생각한다. 물론 그 시대적 상황을 보면 지금과는 사람들이 살아가는 사고가 판이하게 다른 시절임을 알 수 있지만 아무튼 우리 가족의 구성원은 할아버지, 할머니, 아버지, 어머니, 고모 한 분, 우리 형제 넷이 함께 하는 대가족의 형태로 어머니의 역할이란 것이 만만치 않았으리라 생각이 된다.

　더군다나 유교적 사고방식에, 남아우월주의에 따른 시대상에 바탕을 둔 시절이기에 당신이 태어난 친가에서조차 여자라는 운명 때문에 배움의 기회를 박탈당할 때도 있었다. 제대로 배우지도 못하고 출가외인이라 하여 시집을 가면 죽든 살든 남편 집안의 귀신이 되어야 한다는 전 근대적 봉건주의 사고방식에 익숙하던 시절 "친정 문 앞에 얼씬도 하지 말라"는 식의 사회 여건 때문에 힘들고 어려운 일이 있을 때 하소연할 데도 없었다.

특히 집안 일 중에 유교적 전통에 의한 제례의식의 하나인 제사 문제를 빼 놓을 수가 없다. 4대 봉제사라 하여 아버지를 중심으로 한 윗대 4대조까지 제사를 지내고 설, 추석을 합치면 평균 한 달에 한두 번 꼴 제사를 지내야하니 그 어려움이란 형언하기 힘들 정도로 며느리의 역할이 중요하였다.

못 먹고 굶주리며 겨우 허기를 연명하던 시절에 제사를 위해 끼니마다 곡식을 한 종발씩 아끼는 것을 보았다. 그 당시 유일한 환전의 수단인 곡식을 팔아야 돈이 생기고 그것으로 필요한 것들을 구입하여 생활하였기 때문이다.

그러나 이러한 경제적 어려움이나 노동에 의한 육체적 고통과 어려움이야 가족이란 울타리가 있으니 다 참고 견딜 수가 있었겠지만 시어머니의 정신적 박해는 참으로 고통스럽고 견디기 힘들었던 장면을 많이 목격하였다.

내 어머니는 오 척이 채 되지 않은 단신의 체구에 몸 또한 유약한 체격을 지니셨다. 뿐만 아니라 성격도 내성적이며 온순하시어 어떤 불이익에도 항거를 안 하셨다. 당신의 억압된 감정을 가슴 속으로 채우시다 남몰래 눈물을 흘리시던 모습을 볼 때 어린 자식으로 어머니가 애처로울 때가 많이 있었다. 이런 어려운 와중에 병약한 자식도 그 한(恨)의 한 몫을 일임했으니 어머니의 육체적 고통이야 오죽했으랴.

언뜻 내 기억 속에 남는 것은 내가 어린 나이(4살)에 감기에 걸려 심한 기침을 하였는데 이것이 기관지염과 천식으로 발전하였다. 초등학교와 집까지 거리는 1㎞도 채 되지 못한데 그곳까지 가방을 메고 가는데 너 댓 번 쉬어야 갈 수가 있었다. 또 앉거나 서

있을 때는 기침이 많이 나오지 않는데 특히 밤늦은 시간이 되면 잠이 들다 문득 기침을 하기 시작하면 갈갈 넘어갔으니 주위에서 보는 이들이 얼마나 애태우며 안타깝게 여겼는지. 거의 매일 밤 자정이 넘어선 한두 시 사이에 나를 업고 병원에 다니시던 어머니, 그 때의 겨울들은 혹독하리만큼 추웠고 행여 업혀 가는 자식에게 찬바람이라도 스며들까 옷가지를 움켜쥐며 감싸주시던 어머니!

　병원 문을 두드리면 의사와 간호사가 뛰어나와 "또 네가 왔구나" 하며 고통을 같이 하시던 분들의 따뜻한 은혜가 생각난다.

　그런 투병 생활을 중학교 입학할 때까지 하였으니 장장 10년이란 세월을 어머님께서 못난 자식 때문에 고생하셨다. 그 때 고통을 되돌아보면 치가 떨릴 정도다.

　서울에 올라와 객지 생활을 하면서 따뜻한 어머니의 정성이 생각날 때가 많았다.

　나는 한 여인으로부터 분에 넘칠 만큼 무한한 사랑을 받았다. 나에게 대단한 정성을 쏟으시었다. 언제나 나를 위해 어느 것보다 우선이었고 내가 좋아하는 음식은 꼭 준비하시어 손수 차려 주시곤 했다. 자식의 잘못된 점이 있어도 너그러이 용서하시고 침묵으로 이해하시는 그런 어머니의 은혜를 생각하면서 몇 자 적어보았다.

　　언제나 눈을 감아도 당시의 모습이 보입니다
　　많은 성상을 살아오시면서 항상 자식들 때문에
　　근심 떠날 날 없던 삶을 살아오신 모정

날이 갈수록 당신의 모습이
더욱 나를 번민의 수렁으로 빠져들게 합니다

어머니! 젊디젊은 시절 시부모의 싸늘한
시집살이 속에서도 굴하지 않으시고
오직 자식들 뒷바라지에 청춘을 바쳤건만

어머니! 밤하늘의 별빛들이 영농하게 빛납니다
뉘별이라 당신의 모습을 볼 수 있습니까?
뼈에 사무치는 미련들 때문에 오늘도
잠 못 들어 하면서 이 밤을 헤매고 있답니다

어머니! 밝은 달빛이 창가를 스치고 갑니다
옛날 숱한 밤을 자식을 업고서 병원을 다니며
병들어 죽어 가는 자식을 살리기 위해
눈물로 지새던 날이 그 얼마나 되었습니까?

삶과 죽음의 갈림길에서
밤과 낮 그 무엇이 필요했습니까?
병들어 죽어가던 이 자식 당신이 주신 새 생명으로
당신이 걸었던 길을 가려하지만 부질없는 일이 됩니다

가냘프고 나약하게 생기신 분이 어디에서
그런 힘과 용기가 생겼던지

사랑이 부족한 탓인 양 제겐 그런 힘이 없습니다

정월이라 대보름, 사라져 가는 옛 것을 그리워하며
피어오르는 지불더미에 모든 것을 날려 보냅니다

어머니! 날이 갈수록 당신을 향한 연민의 정이
깊어만 가는 것은 무엇 때문입니까?
난 오늘밤도 당신이 그리워 잠 못 들어 하고 있답니다.

운명이란 참으로 한사람에게 가혹하리만큼 많은 역경과 고난을 당하도록 되어 있는 것에 대한 회의를 많이 느낄 때도 있었다. 과연 사람은 태어나면서 모든 운명이 정해져 있는가? 아니면 인간에 의해 만들어지는 지에 대해 지금도 그 진리를 깨닫지 못하겠다.

노년에 어머님이 당뇨병으로 고생을 많이 하셨다. 어머니가 투병하면서 돌아가시기 전까지 자식을 위해 쏟던 정성의 십분의 일도 뒷바라지 못한 것이 천추의 한이 되었다.

누군가 이야기 하듯이 "어버이 살아 실 제 섬기길 다하라"는 말이 두고두고 가슴에 맺혀 어머니라는 단어만 생각하면 나도 모르게 눈에 눈물이 고여 흘러내린다.

언젠가 노래방에 가서 어머님의 생전 모습이 그리워 나훈아의 '부모' 라는 곡을 신청해서 처음부터 끝까지 대성통곡을 하며 불렀건만 후련하지가 않고 오히려 가슴이 메여 옴을 느꼈다.

그 깊고도 넓은 어머니의 사랑만큼 보답해 드리지 못한 탓일까? 나는 항상 어머니에 대한 그리움과 연민의 정을 느낀다.

고요하고 적막한 밤하늘을 뚫고
아련히 들려오는 트럼펫 소리
라디오 한 구석에 음악편지의 사연들을 듣노라면
동지섣달 긴 밤을 잠 못 이루며
이리 저리 뒤척이다가
문득 일어나 그리움에 휩싸여
당신을 생각게 합니다.

어머니!
뼈저리게 그리운 당신을 향한
가슴속은 포도송이처럼
알알이 영그는 그리움에
부풀어 터질 것 같은 압박과
불혼의 객이 되어 떠도는 망령처럼
나의 영혼을 짓누르고
고통에 이 밤을 지새게 한답니다.

어머니!
당신이 계신 먼 하늘나라는 따스하고
온갖 아름다운 꽃들이 피고
풍성한 과일들이 맺는 그 곳에서
언제나 평화와 행복이 깃든

안식처를 마련하시어
행복한 삶을 누리소서!

그토록 한 많은 세월을
하고픈 말씀 다 못하시고
얼마나 많은 사연들을
가슴에 않고 떠나지 않으셨나요?

아! 어머니
그래도 당신이 머문 이 거실바닥에
따뜻이 불을 지피고 조용히 촛불을 켜
밤이 깊어 가는 줄 모르고
긴 사연의 대화를 나눌 사람이 있다는 것을
오래 오래 기억하시어
어둡고 고독한 밤이 오거든
언제라도 내 곁으로 찾아오시구려!

내가 태어나고 자란 옛 집이 장조카 명의로 되어 타인들이 살고
있다. 나의 생활터전이 역시 내 고향이므로 모든 것이 그리울 때
면 나의 발길이 나도 모르게 그 곳으로 향한다.

태어나 꿈을 가꾸던 옛 초옥, 지붕 위에 박 넝쿨의 풍요로움도
처마 밑 제비들의 초롱초롱한 지저귐도 먼 세월의 뒤안길로 사라
졌다. 주인 없는 가옥에 홀로 언뜻 둘러보고 나그네 마냥 돌아서
는 발걸음엔 옛 추억이 아롱거린다.

겨울의 긴 휴면에서 깨어나 새 생명이 움트는 봄이면 채전 밭 가꾸어 풍성한 푸성귀에 꽁보리밥과 구수한 된장국에 가족들 오 순도순 둘러앉아 정 나누며 지내던 부모 형제들 세월 속에 묻혀 버린 지 역시 오래 되었다.

뙤약볕 내리 쪼이는 여름이면 감나무 그늘아래 멍석 깔고 모 깃불 지펴 밤하늘에 별을 헤며 옹기종기 둘러앉아 이야기 꽃 피우던 이웃과 죽마고우도 때로는 한 번 쯤 만나보고 싶은 사람들이다.

풍성한 결실의 가을엔 추수를 끝낸 후 초가지붕 씌울 때면 온 동리가 잔치 마당이 되어 이웃 정을 나누기도 하였다.

찬 서리 내리고 세찬 바람 불어오는 겨울밤 온돌방 따끈하게 불을 지펴 화롯불 가까이 당겨 밤일랑 고구마 구워 먹으며 긴 밤 지새던 추억이야 어느 뉘라 없으련만 뒤돌아보는 세월의 허무함만 눈앞을 가린다.

이 모든 추억들의 밑거름은 집안에 어머님이 계셨기에 가능하다. 친구들이 떼거리로 몰려와도 싫은 내색 하시지 않고 언제나 자식을 위해 기꺼이 희생하신 모습이 회한에 쌓여 떠나질 않는다. 그래도 어머니의 모습이 그리울 땐 산소에 찾아간다.

빛바랜 조화 어지러이 꽂혀 있고
황금 빛 뗏장 위에 웬갖 잡초더미로 멍울지네

한 세월 살다 간 흔적을 남기고
이제 구천을 떠도는 객이 되어

비바람 치던 지난 밤
나의 혼백을 쥐어짜며
온갖 몸부림으로 손짓을 하며
꿈속에 꿈속에서 나타나……
못 다한 이승에 대한 미련이 남아
나를 이곳에 부르노니
가슴 속 한이 되어 떠나보낼 수 없던 그 길
북망산천 멀다하더니 십 여 리 밖인 것을
어허야 어허야 애기 난초 어허야

까마귀 떼 멤 도는 잿빛 하늘엔
흰 구름 멀거니 떠가고
빈부 차, 지위 고하도 필요 없는
싸늘한 지하 1.5m 땅속에는
사랑하는 님의 영원한 안식 보금자리

영겁 같은 세월 속에 끈끈이 맺은 연분은
가슴에 한이 되어 꿈속에 나타나
나를 이곳에 부르노니
이승과 저승은 너무도 멀기만 한데

아! 님이시여 모든 시름 잊으소서
볼 멘 소리들이 어지러이 귓전에 맴돌고
인제 가면 언제 오나

어허야 어허야 애기난초 어허야

어머니는 영원한 나에게 마음의 보금자리요 안식처이다.
그런 어머니의 품이 오늘따라 한없이 그립기만 하다.

III
넋두리

시련과 역경

　　사람은 살아가면서 제각기 시련이나 역경이 있게 마련이다. 그러한 어려움을 어떻게 극복하는가하는 문제는 나름대로 세상을 살아가면서 판단하고 행동해야 할 중요한 문제라 생각된다. 한 시대를 살아간다는 것은 길고도 짧은 시간의 운명적 연결고리의 연속이라 말할 수 있다.

　　많은 세월을 살면서 희로애락을 경험하면서 즐거웠던 것은 그냥 지나쳐 버리기가 십상이지만 어려움에 봉착하면 그것으로 하여금 모든 비탄과 불행이 왜 나에게만 찾아오는가 하면서 비통해 하는 것을 많이 보아 왔다.

　　바다를 항해하는 선박들은 그 배가 크든 작든 간에 그들이 나아가야 할 방향의 지도와 나침반을 주시하며 선원들 또한 제각기 맡은 책임을 충실히 수행할 때 비로소 안전하게 목적지에 도착할 수가 있다. 인생이란 긴 여정을 살아가는 우리들은 이러한 책무를 잊어버리기가 십상이다.

내가 중학교 다닐 때 나의 은사 한 분이 말씀하시던 글귀가 생각이 난다.

"역경은 도전하는 자에게 순종하고 회피하는 자에게는 잔인하다"는 평범하면서 숭고한 원리를 결코 잊어본 적이 결코 없다. 지나온 시간들을 생각해 보면 수없이 많은 시련과 고통이 있었다. 참으로 귀중하고 돌이킬 수 없는 것들이 아닐 수 없다.

나는 고등학교를 할아버지가 계신 부산에서 다녔다. 처음으로 부모와 고향을 떠나 객지 생활을 할 때 도시의 새로운 것들과 넓은 문화 공간들이 한참 사춘기 시절을 경험해야 하는 나이에 별 탈 없이 소화시키고 성장한 것은 돌이켜 생각해 보면 한편으로 대견스럽기도 하고 다행한 일이라 생각된다.

부모의 간섭과 잔소리로부터 해방된 시기였기에 더욱 잘 이겨나간 세월이었다고 본다.

대학 예비고사가 있었던 시절, 서울 숙부님 댁에서 공부를 하면서 잠이 오거나 마음속에서 방황하는 마음이 생길 때면 의자 위에 올라 가 형님께서 군대 제대하면서 갖다 주신 군용 혁대를 풀어 내 스스로 종아리를 내리 치면서 입시에 몰두하던 일들도 가끔 생각이 난다.

책상 앞에 '필승' 이라는 맹서의 각서는 수없이 부쳐 자신을 시험하던 일들이 어디 한두 번이었던가?,

아무튼 이 모두가 어려운 시기를 잘 견디어 왔기에 지금의 자신이 존재하지 않을까 하는 생각을 해본다. 때로는 정녕 참고 견디기 힘들었던 말 못할 시절도 또한 있었다.

아무쪼록 이러한 세파 속에 모가 난 것이 마모되고 깎기여 둥근 모습이 된다고나 할까? 남보다 앞서고 발전한 사람일수록 참기 힘들고 견디기 어려운 시련과 역경들이 있었기에 그들의 가치가 더욱 값진 것이 아닐까 생각이 된다.

역경을 딛고 극복하며 새로운 일에 도전하는 현명한 방법에는 어떤 것이 있을까?

가령 맨 몸으로 다리가 없는 그것도 물살이 센 강을 건넌다고 가장을 해 보자. 이 강을 건너는 방법에는 여러 가지가 있으리라 생각이 된다.

대충 세 가지로 요약해서 보면 첫째는 강의 물결을 헤치며 거슬러 올라가는 방법이 있을 것이다. 아마도 이 방법은 아무리 수영을 잘 하는 사람이라도 얼마가지 않아 지쳐 포기를 하거나 실패를 할 것이다.

두 번째로는 강 건너 목표점을 향해 똑바로 건너는 방법이 있을 것이다. 이 방법 역시 센 물살에 휩쓸려 목적지보다 아래쪽에 도달하거나 목표점에 도달하기 위해서는 힘든 노력을 해야만 할 것이다.

끝으로 강물의 흐름을 타면서 강 아래쪽으로 건너는 방법이 있다. 아무리 수영이 미숙한 사람이라도 세 번째 방법이 가장 무난하고 쉽다는 것을 쉽게 알 수가 있다.

그렇다. 이러한 평범하고 단순한 진리인 주어진 환경에 순응하면서 도전적 정신으로 극복해 나간다면 우리가 뜻하는 목표가 쉽게 이루어짐을 잊어서는 안 되겠다.

아무리 어려운 시련과 역경이 우리 앞에 있다고 하더라도 이 순수한 원리에 바탕을 둔다면 우리들은 성공적인 삶을 살수가 있으리라 생각이 든다.

요즈음 젊은 사람들은 조그만 고통 즉 시련을 견디지 못해 자신의 생명을 자해하는 어리석은 우를 범하는 경우를 흔히 볼 때 무척 가슴 아픔을 느낀다.

사람에게는 하나님께서 주신 슬기와 지혜가 있다. 그래서 혹자는 난관을 슬기롭게 이겨 나간다고 한다. 또 이러한 어려움을 극복하기 위해 지혜로운 판단력이 필요하다.

우리들이 가지고 있는 판단력이란 지식과 지혜의 가교가 아닐까?

그러나 나는 지식 보다 지혜를 더 사랑한다. 지식이란 책이나 배움을 통해서 얻을 수 있지만 지혜란 온갖 고난과 어려움 그리고 많은 세월을 살아오면서 경험했던 것들이 쌓여 두뇌 속에서 제 빛을 발산할 때 비로소 그 가치를 얻는 것이기에 지혜를 소중히 생각한다.

오랫동안 학교교육에서 터득한 지식과 삶을 살아오면서 더해지는 지혜로서 주어진 여건에 순응하면서 시련과 역경을 헤쳐 간다면 우리들의 앞날은 밝고 풍성한 미래가 보장되는 것이 아닐까?

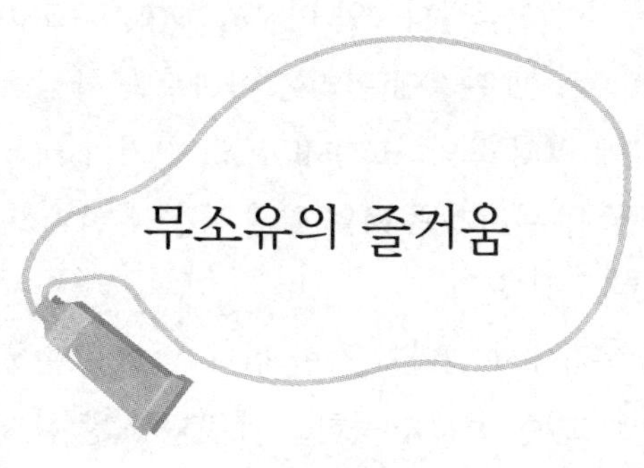

무소유의 즐거움

　　요즈음 나의 생활은 아무런 욕심 없이 주어진 하루를 충실하게 생활하고 오후쯤이면 내가 정주하고 있는 함안천 제방 뚝 길을 걸으면서 흘러가는 냇물을 보며 내 마음을 물과 같이 유순하게 만들어 본다.

　또 청명한 하늘을 바라보면서 언젠가 주어질 홀로 서기를 통달하며 달빛이 창가 깊숙이 스며들어 단잠을 깨울 때는 펜을 잡고 살아온 인생 역정을 피력할 수 있는 계기가 주어지면 더욱 좋다.

　"가진 것 없다만 마음 하나라도 풍요롭게 살자"는 말은 없는 자들이 현세를 살아가는 가장 적합한 자기위안의 말일지도 모르겠지만 이곳 생활에 만족하며 아무런 욕심 없이 홀가분하게 살아가고 있다.

　작년 3월에 이 곳 함안으로 직장 근무지가 이동 발령이 나서 한 학기동안 김해에서 장거리 출퇴근을 해보니 무척 힘들 뿐만 아니라 차량 연료비와 도로비 등이 무시 못 할 만큼 많은 경제적 손실이 따랐다. 급기야 여름방학동안 이사를 해야겠다고 마음먹고 집을 알아보았다. 우선 살기에 편리한 아파트를 물색해 보니 전세 값은 매매 값에 거의 육박하고 IMF로 인해 거의 저당 설정이 되어 선뜻 전세금을 걸기가 두려워 월세 사십만 원짜리 스무 평 아파트를 임시로 구했다.

조금은 넓은 집에서 살다가 절반 밖에 되지 않은 곳에 입주를 하려니 짐을 1/3밖에 풀지를 못하고 베란다와 방 한 칸에 짐들을 포장한 채 차곡차곡 재어두고 생활을 했다.

생활이 윤택해서 값비싼 가구가 있어 그런 것도 아니고 단지 평소에 취미 생활로 수석을 나름대로 수집을 하다 보니 썩 훌륭한 작품은 아니지만 이사 짐 포장 박스가 20박스 정도가 되니 그 무게며 짐을 쌓아 둘 곳이 마땅찮은 것을 생각할 때 비로소 소유하지 않은 것에 대한 마음이 부러웠다.

탐석을 위해 연휴나 방학 때가 되면 전국의 수석 산지로 알려진 문경, 단양을 거쳐 제천으로 해서 남한강 일원을 일 년에 한두 차례는 다녀와야 비로소 한해를 보내는 의미를 느낄 만큼 수석 수집에 집착하였으나 이 간단한 깨달음을 알고 나서부터 수집에 대한 애착을 버리게 되었다.

소유란 가지는 것에 대한 애착이나 집착의 단순 원리에서 인간의 공동생활에서 시작되면서 가족, 토지, 그리고 어떤 물질적인 것뿐만 아니라 지적 소유권, 판권 등 인간이 창조한 새로운 문화적 가치를 지닌 영역까지 사회가 발달할수록 그 범위도 광범위하게 넓어졌다고 생각이 된다.

사람들은 태어나서 자신이 갖지 못한 것에 대한 끝없는 욕망이

있기에 남보다 많은 노력과 고생을 감수하며 여기에서 지나친 소
유욕이 생겨 온갖 사회적 물의를 일으키며 부정부패를 일삼고 서
로 헐뜯고 급기야는 패가망신하는 추태를 보인다.

그럼 소유라는 의미가 인간에 주어지는 어떤 혜택이나 우월성
을 갖게 하는 것은 무엇이기에 그토록 갖고자 하는 것일까?

남보다 부럽지 않게 살아가기 위해 대체로 많은 재력을 요구한
다. 그것이 인간 삶의 목적은 아니지만 살아가는데 필요한 수단
으로 없어서는 안 될 존재라 대부분 알고 있다. 그렇다면 적당히
가지면 될 것이 아닌가? 이 적당히 라는 말이 참으로 어렵고 기준
이 없다.

그래서 가진 자는 보다 더 많은 재물을 모으려고 부지런히 애를
쓰고 투기하고 부정을 저지르고, 알지도 못하는 검은 돈들이 우
리 사회에 얼마나 많이 유통되고 있는가?

'공수래공수거' 란 말이 있듯 우리 인간은 자연의 법칙 앞에 너
무나 나약한 존재이기에 죽음 앞에 아무 것도 가지고 갈 수 없는
초라함을 우리는 깨닫지 못함인가?

알렉산더 대왕이 죽음 앞에 직면하여 신하들에게 유언으로
"나의 두 팔을 관 밖으로 내어 손바닥을 펴서 백성들에게 보여
주어라"는 일화는 유럽 제국을 통치하던 그가 죽음 앞에 아무 것
도 가져갈 수 없음을 백성들에게 보여준 유명한 일화를 들은 적
이 있다.

우리주변에서 어떤 재력가가 죽고 나면 그 재산의 분배를 둘러
싸고 가족이나 자식들 간에 치열한 재산권 다툼을 하는 것을 심
심찮게 볼 수가 있다.

그렇다면 삶의 질적 향상을 위해 소유가 필요한 것일까? 남들은 피땀 흘리며 노력하는 시간에 한가로이 캐디들과 잡담이나 하면서 골프를 치고 밤이면 고급술과 접대부들의 시중에 흥청망청 향락에 찌던 모습과 좋은 집과 승용차를 타고 다니며 자기 위에 사람 없이 보이는 무례함과 오페라나 뮤지컬을 감상하고 분위기 있는 곳에서 식사를 즐기는 것 따위가 품위 있어 보이고 남들은 일생에 한 번도 가보지 못한 해외여행을 다니면서 값비싼 귀금속을 구입하고 국내 사정이야 어쨌든 외화를 낭비하고 돌아다니는 오만함이 삶의 가치를 높이는 것일까?

사람은 무한한 잠재력과 실현 가능성을 가지고 있기에 무에서 유를 창조하고 문화적 발전을 가져온 게 틀림없다. 그렇다면 소유의 존재를 부인할 수만 없지 않는가?

그렇다. 정당하고 진정한 가치를 지닌 소유가 될 때 비로소 그 의미가 부여되지 않을까? 부의 세습보다 올바르게 사회에 환원하는 것을 배운다면 홍길동의 유토피아 세상이 오지 않을까 생각한다.

모든 소유에서 훌훌 벗어나 무소유의 즐거움을 배운다면 우리 사회는 보다 밝고 명랑하며 개인적으로는 언제나 행복한 생활이 되리라. 행복은 항상 가까이 존재하듯, 우리들 마음속에 있다는 평범한 진리 속에 인생의 진정한 의미는 희로애락이 적당히 가미될 때 비로소 삶의 가치가 있는 것이 아닐까?

종이배

　　얼마 전 봄 가뭄이 농민의 가슴을 태우면서 너무 오랫동안 지속된 관계로 사람들은 천년에 한 번 당하는 가뭄이니, 실제로 90년 만에 오는 가뭄이니 떠들면서 가뭄의 끝도 보지 않은 체 인내심이라고는 그 가뭄만큼 거의 고갈되어 버리고 하늘을 얼마나 원망했는가?

　아무튼 인고의 아픈 가뭄 끝에 시작되는 장마라 그런지 반갑기 그지없었다.

　며칠째 시작되고 있는 장맛비지만 오늘따라 내리는 비는 앞이 보이질 않을 정도로 많이 온다. 나는 매일 산책과 운동을 하던 함안천 뚝 길을 나 혼자 우산을 받쳐 들고 나왔다.

　며칠 전만 하더라도 하천 바닥은 대수술을 한 사람의 배 모양으로 갈라놓고 한 방울의 물을 헤집던 모습이 선하다. 여느 때보다 모심기가 힘이든 농부의 마음을 생각하면서 졸필로 몇 자 적어보았다.

유난히 가뭄 살이 많은 한해의 봄
살얼음 깨뜨리기 무섭게
농심은 한 해의 풍성함을 염원하며
허리 숙여 못자리 작업에 여념이 없지만
무심한 하늘을 바라보며 온 들녘을
촉촉이 적셔 줄 단비를 기다리는
농부의 마음은 아랑곳없이 갈라지는 논바닥

물꼬를 만들어 밤 세워 물을 가두어 보지만
파괴된 환경으로 땅속 샘물마저 고갈되어
원천수가 부족한 탓에 긴 한숨이 고인다

오랫동안 자연의 섭리를 깨우친 농심으로
정성스레 쓰레질하며 물 논을 다루어
못줄 따라 한 포기 한 포기 심는 모는
다가올 가을의 풍요로움을 갈망하고
가족의 생계를 위해 피땀 흘린 봉사는
흙을 만지는 농부가 아니면 거두지 못할
결실의 마음을 아는지 모르는지

하늘의 오묘한 섭리는 짙은 안무로 하여금 온 시야를 가리고 퍼
붓는 듯이 비를 뿌린다. 비바람 속에 보금자리를 찾지 못한 잠자
리, 범나비는 나지막이 나르고 이름 모를 풀벌레는 풀 섶에 주리
를 틀고 앉아 갠 날을 기다리고 있다.

　굵은 빗방울을 머금은 해란초, 망초, 쑥대 등 잡초들은 비바람 아랑곳없이 곳곳이 견디어 낸다.

　그러나 농부들의 온갖 정성 속에 거름을 잘 흡수한 참깨며 콩 줄기는 꼬투리들의 무게를 이기지 못해 비바람에 도복되어 버렸다.

　이 곳 함안은 물 흐름이 역수의 고장으로도 유명하다. 대개 강물은 북에서 남으로 또는 동에서 서쪽으로 흐르는 것이 지형학적으로 원칙인데 남쪽 여항산 골짜기에서 형성된 냇물은 남강 지류로 흘러가는 말하자면 남에서 북으로 흐르는 역수의 고장이다.

　그리고 동쪽에는 무학산, 남쪽에는 여항산, 서쪽에는 방어산, 북쪽에는 의령 자굴산으로 쌓여있는 분지형의 국지성 기후를 형성하기에 겨울은 위도가 같은 지역에 비해 상당히 춥고 눈이 제법 오는 곳이기도 하다.

　지금 함안천 황하의 대 물줄기 마냥 진흙탕 물이 세차게 흘러내려 오고 상류에 쌓여 있던 온갖 오물들이 거대한 자연의 법칙에 따라 내 폐부 속에 있는 찌꺼기와 함께 모두 씻어 버린다. 자자손손 물려주어야 될 이 땅덩어리를 이제부터라도 깨끗하고 훼손되지 않은 자연이 되도록 보존에 각별히 신경을 써야한다는 생각이 간절하다.

　천혜의 자연을 가진 스위스는 자연 보존을 위해 그들이 오염된 지구 속에 얼마나 부단한 노력을 하고 있는지를 내가 스위스를 여행할 때 보고 들었다.

　맑고 오염 안 된 호수와 계곡을 이용하여 지하수를 개발해 수출한다면 엄청난 외화 획득을 할 수 있음에도 불구하고 일체 개발을 할 수 없도록 하고 있다.

심지어 유럽의 모든 나라들이 그렇듯 기차도 전기를 이용한 철도를 운영하며 중요 도시에는 Tram(전차)을 대중교통의 수단으로 이용하고 있다. 자동차의 경우에 배기가스가 맑은 공기를 오염시킬 수 있다는 것이다.

그리고 우리들에게 잘 알려진 관광지 융프라우 요흐가 있는 인터라켄에서 브레인즈를 잇는 거대한 호수에 두어 시간 배를 타고 가 보았지만 패드 병, 스티로폼, 비닐 한 조각 떠다니지 않는 깨끗한 자연을 보존하는 그들의 여유 있는 마음이 한없이 부럽기까지 하였다.

뿐만 아니라 인터라켄에서 융프라우 요흐에 이르는 고산 궤도 철도는 알프스 산맥을 훼손한다하여 나선형 터널을 굴착하여 운행하는 데 까지 그 공사 기간이 장장 90여 년 소요되었다고 한다. 이토록 자연을 최대한 아끼고 보존하면서 개발을 하고 있다.

아름다운 금수강산, 백두대간 산자락 어느 한 곳인들 개발의 미명 아래 온통 파헤쳐져 꼴불견으로 안 변한 곳이 없는 우리 현실이 안타깝기 그지없을 뿐이다.

평소 이맘때면 석양의 낙조를 받으며 속보와 조깅을 하며 조용히 사색에 잠겨있을 시간에 백 여 년 이상 되었을 느티나무 아래 동네 할머니들이 갖다 놓은 걸상(내 스스로 붙인 이름은 6학년 7반 교실이라 부르고 동네 육칠십 대 노인네들이 정자나무 그늘 아래 모여서 노는 곳임)에 앉아 억수로 쏟아지는 비를 피하며 우산을 받쳐 들고 글을 쓰고 있는 나를 이상하듯이 바라보며 지나간다. 시골의 한적한 마을에 젊은이라곤 찾아 볼 수가 없다.

그리고 쏟아지는 비를 맞는다. 머리가 젖어오고 스며드는 빗물에 메마른 내 가슴도 흠뻑 젖는다. 참으로 오랜만에 느끼는 후련함 그 자체였다. 상류 어디선가 물에 잠긴 모양이다. 집을 짓다 쌓아둔 각목들이 세찬 물결에 휩쓸려 떠내려 온다. 만약에 몸을 날려 저것을 타고 간다면 어디에서 머물까 하는 어리석은 생각을 하면서 나는 종이를 접어 만든 돛단배를 띄워 보낸다. 어느 듯 짙은 안무와 함께 어둠이 몰려오고 담 넘어 토장국 냄새가 시장기를 돋우며 아득한 옛날로 나를 이끈다.

아! 그리운 사람들, 보고 싶은 사람들이여! 자신도 모르게 탄식 소리와 함께 밀려오는 얼굴들, 내 꿈과 희망 그리고 세월의 역경 속에 잊힌 모든 부질없는 추억들을 다시 종이배를 접어 그리운 모든 사람들을 태워 먼 옛날로 여행을 떠난다.

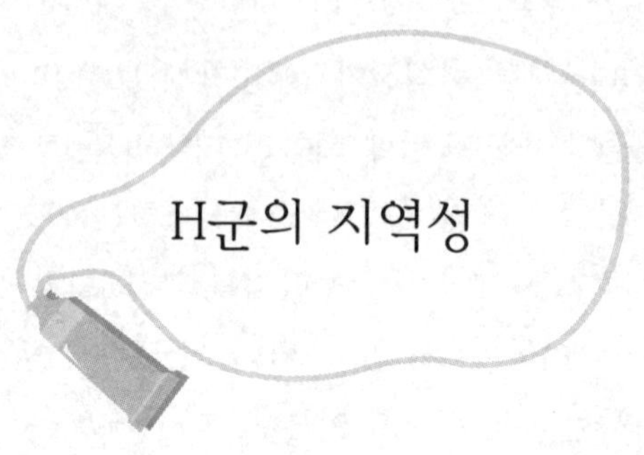

H군의 지역성

　　12월 들어 날씨가 어정쩡한 기후가 을씨년스럽다고 할까 아무튼 계절의 날씨답지 않게 비가 내려 사람의 마음을 더욱 우울하게 만든다. 차라리 흰 눈이라도 내리면 어둡고 우울한 마음에 한 가닥 희망이라도 찾아오련만.

　계절의 의미가 사람에게 주어지는 감정에서는 커다란 시너지 효과가 있는 탓일까?

　내가 직장 근무지의 이동에 따라 이곳 함안 땅에 정주한 지도 어느 듯 두 해가 지나가고 있다. 처음 이곳에 왔을 때는 낯설기도 하여 정이 좀처럼 붙지를 않았다. 지역민들과 어울려 나름대로 시간을 엮어가고 시골적인 주변의 자연과 어울려 어색한 분위기를 최소의 기간 내 해소하려고 노력하였다.

　주변의 자연경관은 여항산, 방어산, 검암산, 동지산, 입곡 군립공원의 자연림 숲들은 정말 오염되지 않고 깨끗한 환경을 갖고 있다. 그래서 주말이면 자연과 더불어 시간을 보내기에 적당했다.

특히 검암천 냇가는 내가 태어난 고장에서 볼 수 없는 즉 들녘에 저녁노을 아스라이 비치는 석양의 풍경은 내가 가히 반할만한 운치를 갖고 있다.

개천 방파제 따라 아내와 산책 겸 운동을 하는 시간이야말로 즐겁고 전원적 생활의 기풍이 몸에 젖어드는 새로운 분위기를 가르쳐 주었다.

뿐만 아니라 군내 흩어져 있는 유형의 옛 건축물이며 곳곳에 서 있는 많은 송덕비들은 H군이 양반의 고장이요 기풍 있고 전통 있는 고장이라는 것을 잘 알려주고 있다고 생각이 되었다.

그래서 그런지 이곳의 지역적 성격이 대체적으로 보수적이고 다소 폐쇄적이라는 생각이 들었다. 일개 작은 군 지역에서도 알게 모르게 지역적 정서가 다르고 사람을 대함에 있어서도 차별이 있는 지역 이기주의가 팽배해 있다는 것을 알고 놀라지 않을 수가 없었다.

지역적 차별성, 즉 지역성에 대한 역사적 배경은 고려를 창건한 왕건이 박술희라는 개국공신을 통해 만든 훈요10조에 보면 "충청, 전라도에서는 인재를 등용하지 말라"는 글이 있었다고 하는데 이것도 훈요 10조가 발견된 시점이 훈요 10조를 만든 지 100년 지난 고려 헌종 때 최항이란 사람 집에서 발견되었다고 하는데 아마도 정치적 계략에 의해 날조된 것이라고 주장하는 학자들이 있다.

또한 현대사에 있어서는 1971년에 대통령에 출마한 박정희와 김대중이라는 정치인들이 만든 대 걸작품으로 영호남 인들의 갈등과 대립이 생겨나 망국병에 물들게도 하고 있다. 그로 인해 낙

후된 전라도와 경상도의 골은 깊어가고 정치인들이 선거가 있을 때마다 지역 정서를 들먹이며 이용하고 있다.

그러나 이것은 한 나라의 국가적 차원에서 본다면 아무런 실리가 없음을 너무도 잘 느꼈기에 영호남의 화합을 위해 우리는 많은 희생과 최선의 노력을 하고 있다.

그리고 세계는 변화하고 있다. 정보화, 세계화에 따라 지역과 국가의 벽이 없어지고 치열한 경쟁에서 앞선 사람만이 살아가고 발전할 수 있음을 우리는 알아야 한다. 하물며 이 작은 지역에서 서로의 갈등이 존재하고 벽을 쌓아 간다는 것은 한편으로 우스꽝스러운 이야기일 뿐이다.

내가 생각하기에 H군이라는 작은 고장에 가야읍 중심의 기득권, 옛 읍의 명성을 등에 입은 함성읍 중심 지역권, 행정권에서는 멀지도 않으면서 푸대접받고 있는 군북 중심권역, 교통이나 지역 여건이 마산 창원에 가까이 있고 데리고 온 자식 마냥 지역개발에 동떨어진 칠원, 칠북, 칠서지방 중심의 삼칠 지역권 등으로 볼 수가 있다.

얼마 전 동료들과 퇴근길에 소주 한 잔이 생각나 술집에 갔는데 주인이 푸념을 하는 데 참으로 듣기가 민망하였다. 주인이 하는 말인즉슨 "함성읍내에서 이곳으로 와 개업을 하였는데 가야 사람들은 한 사람도 오지 않는다"고 한다.

물론 이 이야기는 특정한 사람의 이야기가 될지는 모르지만 내가 경험한 바에 의하면 알게 모르게 그런 감정들이 존재하고 있다는 사실이다.

또 얼마 전에 내가 경험한 바에 의하면 함안군에서 주민들의 발전을 위해 평생교육의 차원에서 강좌를 개설했는데 가야지역과 삼칠 지역을 나누어 똑 같은 제목의 강좌가 개설되었다. 참으로 안타까운 현실이라 생각되었다. 물론 생활과 교통의 편리상 안배를 할 수 있다고 본다.

그러나 이것이 지역 주민들의 차별화를 가져온다는 것을 알아야 한다. 마산, 창원과 교통이 편리한 삼칠 지역민들은 하소연하고 있다. "차라리 우리 지역을 마산에 편입시켜 달라"고 말이다.

조그마한 일들이 쌓이면 결국엔 눈에 보이지 않는 큰 문제가 생길 수 있다는 것을 알아야 한다.

그리고 이 지역에는 조리박(趙李朴)이라 하여 이 세 성을 가진 사람이 많이 살고 있는 것으로 정평이 나있다. 이러한 학연이나 지연의 관계를 가지고 서로 친목과 유대를 강화하는 것은 얼마든지 이해할 수 있지만 그것을 결코 물리적 힘으로 생각하거나 과시를 하고자 할 때는 타인들의 눈살을 찌푸리는 결과를 초래하는 것을 잊어선 안 될 것 같다.

문화에는 지역적 특성을 가지는 경우가 많다. 그리하여 서로 장단점을 비교하고 계승 발전시켜 나름대로 문화적 특징을 갖게 되기 때문이라 생각이 든다.

행정을 주도하는 사람들은 주민들의 사소한 것까지 세심한 배려가 있어야 될 것으로 생각한다. 특히 교통이 불편하여 생활권이 달라지는 경우에는 무엇 보다 먼저 이런 것을 해소할 수 있는 방법을 모색해야 한다.

그리고 지역주민들이 화합할 수 있는 행사를 많이 주관함으로써 그리 멀지도 않은 우리들의 이웃이 서로 사랑하고, 칭찬할 줄

알며, 이해할 줄 아는 마음이 스스로 우러나오는 너그러움을 가
진다면 누구나 함안에 와서 한번쯤 살아보고 싶은 고장, 보다 살
기 좋은 함안, 앞서가는 함안이 되지 않을까 생각한다.

새벽시장

　이른 아침 창밖을 보니 먼동이 터 있다. 아파트 정문 입구에 있는 공원 뜨락에는 밤새 벚꽃 잎이 바람결에 떨어져 거리를 물들이듯 하얀 꽃잎으로 수를 놓고 있었다. 벚나무만큼 한그루 나무 전체에서 꽃들이 만개하여 화사하게 장식할 나무가 없다고 생각이 든다.

　벚꽃은 일반적으로 알기를 일본에서 들어온 수종으로 알고 있다. 그러나 우리나라의 산에 자생하는 산 벚나무가 그 유래가 앞선다고 한다. 물론 일본에서 새로운 품종으로 개량해 꽃이 아름답고 화려한 수종으로 보급해 현재 우리가 가꾸고 있는 품종들이다.

　오랜 만에 새벽시장을 다녀와야겠다는 마음으로 집을 나섰다. 새벽녘이라 그런지 시가지 거리는 한산하지만 시장 어귀에는 상인들과 많은 아낙네들로 붐비고 있었다.

　새벽 장을 보기 위해 집을 나선 주부들은 가족의 건강과 먹을거리를 위해 보다 신선하고 풍족하며 또한 넉넉함이 있는 새벽시장을 찾는다. 해마다 이때쯤이면 봄소식을 전하듯 냉이랑 달래, 머위, 두릅 순 등 각종 산나물 등이 우리들의 밥상을 풍성하게하고 원기 왕성한 스태미나 식품이 되어 건강을 지켜준다.

그 이외에 이른 봄부터 가꾸어 온 농산물과 텃밭에서 가꿀 수 있는 고추, 가지, 고구마 순을 틔운 것 등 여러 가지 채소 모종들이 즐비하게 나온다.

뿐만 아니라 여름과 가을이면 갖가지의 과일과 과실들이 시골의 넉넉한 인심 마냥 값싸고 풍성하다.

내 고향 새벽시장은 시외버스 터미널에 붙어 있어 시골 내음이 물씬 난다. 각 면 소재지로부터 오는 첫차에 사람들을 싣고 와 터미널에서 내린다. 이른 새벽부터 사람들이 북적인다.

휴일의 아침 사람들과의 만남을 위해 나는 새벽시장을 즐겨 찾는다. 이들 장사꾼들에게는 진열장이 필요 없다. 노상에 좌판을 깔아놓고 전 만 벌리면 된다. 인정이 넘치고 흥정을 할 수 있으며 마음이 좋은 사람을 만나면 물건을 듬뿍 더 주기도 한다. 백화점이나 쇼핑 가게처럼 가격이 표시되어 사람의 감정이 무시되는 곳이 아니라서 좋다.

할머니들이 텃밭에서 손수 가꾸어 손자들에게 줄 용돈을 마련하거나 자식들에게 의지하지 않으려고 가져온 채소들은 부담이 없어 더욱 좋다. 사람 사는 모습이야 어디를 가나 다를까 마는 그래도 나는 내 고향 새벽시장을 좋아한다.

그러나 이러한 농촌의 인심과는 달리 나라가 경제적으로 부강해지면서도 우리 농민들은 많은 핍박을 받아왔다, 정치를 하는 사람들 모두가 농촌출신이면서 언제나 농민들은 타 산업의 희생양이 되었다.

제일차 산업의 대동맥인 농업을 무시한 채 모래성을 쌓아왔던 결과가 IMF라는 국가적 위기 상황을 맞이한 것은 어쩌면 당연한 결과일 지도 모르겠다. 선진국의 예를 들어보면 2차 산업인 공업이 발전하면 재분배의 원리에 따라 농업으로 환원되어 투자되고 농민은 발전 속에 항상 보호되어 왔다는 것을 알아야한다.

우리네 정치인들은 부패의 사슬 속에서 그들의 목적과 야망의 희생 대상이 어쩌면 우리 농민이었던 것이다. 농촌의 현실을 생각하면 가슴 아픈 일이 아닐 수 없다.

새벽시장을 찾은 이는 대개가 서민층과 생활의 여유가 적은 편인 사람들이 많다. 그러기에 아침시장은 서민들의 애환과 삶이 깃든 곳이라 할 수도 있다. 언제부터인지 잘 모르지만 재래시장의 기능이 약화되고 새로운 장터가 형성되어가고 있다.

팽창되는 도시화 추세에 새로이 형성되는 신시가지들의 콘크리트 문화 속에 대형유통 업체들이 농산품에서부터 소비자들의 삶의 공간에 필요한 모든 것들을 대량 판매 하는 까닭에 재래시장이 침해되고 상권을 상실한지 오래된 반면에 새벽시장은 그래도 명맥을 유지하고 있는 것은 인간의 감정이 살아있는 까닭이 아닌가 생각이 된다.

즐비하게 늘어서는 인공적인 산물 속에 또 다른 그들만의 문화 공간이 형성되어 사치와 쾌락 위주의 생활을 누리는 터전, 밤이 되면 온갖 사이키 조명들이 찬란하게 도시를 밝혀주고 마치 야도충들이 득실 되고 이웃과 이웃도 모른 채 자기들만의 삶을 추구하는 메마른 공간으로 변모되어 가는 것이 안타깝기만 하다.

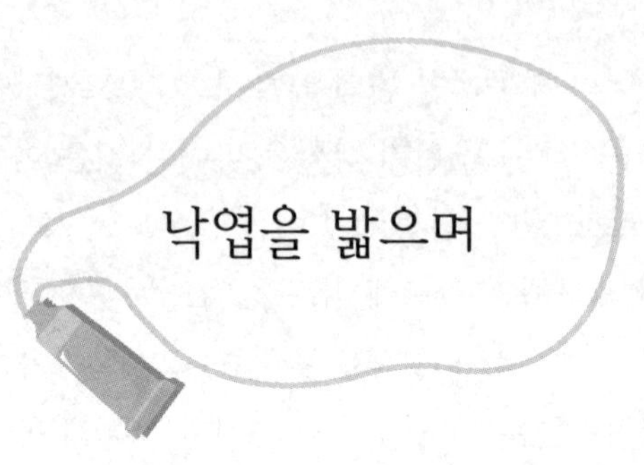

낙엽을 밟으며

문득 잠에서 깨어나 집 앞 근처에 있는 봉황대로 산책을 갔다. 산책이라기보다는 약간의 조깅을 할 겸 땀 복 차림으로 집을 나섰다.

어느새 담 자락 사이로 속살을 드러낸 채 빨갛게 익어 가는 석류와 꽃이 피지 않고 열매가 맺는다는 무화과가 탐스럽게 익어가고 있었다. 처마 밑에서부터 덩굴을 늘어 뜨려 주렁주렁 달린 수세미, 가지가 휠 것 같이 달려있는 대추들이 풍성하게 달려 있었다. 또 밭두렁엔 누런 호박이 심지를 태우며 그 무덥고 지루한 여름날의 산고를 견디며 결실의 계절을 맞이하는 것이 바로 자연의 아름다움이 아닐까 생각이 된다.

새벽길을 나선지가 얼마 만인가? 지난해 유럽에 머문 이후 처음이라 생각이 된다.

네덜란드 연수중에 거의 매일 일찍 일어나 숲 속을 산책하며 그야말로 자연 속의 생활을 즐기며 고국에 대한 향수에 젖어 몸부림치던 것이 엊그제 같건만 벌써 1년이란 시간이 흘러가고 있다. 시간은 우리를 지나지 않는다. 나이에 비례해 그만큼 빠른 시속으로 흘러가는 세월이 마냥 아쉽기만 하다.

오르는 언덕배기에는 어느새 피었다 진 자귀나무 꼬투리가 애처롭게 달려있다. 보잘것없는 식물 한 포기도 생명의 보존을 위해 그들 나름대로 노력하며 희생을 하고 살아가건만 우리 사람들은 생명을 너무도 경시하는 사상이 팽배해 있다. 참으로 안타까운 생각이 든다.

이른 아침 산책길은 나에게 지나온 많은 것을 생각하게 한다. 특히 내가 걸어온 길을 돌이켜보면 후회와 번민의 연속이었고, 그리고 많은 시행착오를 경험했다. 인생의 목표는 여러 차례 변할 수도 있고 뜻하지 않는 순간에 인생의 방향이 달라진다고들 한다. 나의 경우도 다른 바가 없다.

어렵게 K대 행정학과에 들어가 기초적인 법 이론을 배워보니 교수님들의 말뜻이 내 머리 속에 와 닿지 않았다. 항상 강의 시간은 멍하니 딴 잡념들에 싸여 있었고 학우들과 점심시간에 술이라도 한잔하면 핑계 삼아 결강도 많이 했다. 시험이라고 공부를 하면 법조문 두 줄이 머릿속에 외워지지 않았다.

그래서 이 길은 내가 가야할 길이 아님을 알고 평소에 내가 생각하고 원하는 학과를 찾아 전과하기로 결심하였다. 다행히 원예학과에 전과하였는데 그 당시 내 부모님부터 친구들에 이르기까지 얼마나 반대를 하며 말렸던가? 이유는 굳이 입학하기 어렵고 남들이 선망하는 학과에서 원예학과로 전과한다는 얘기였다. 그러나 지금까지 살아오면서 내 자신은 이때 얼마나 잘 진로를 결정했는지 후회해 본적이 없다면 나의 자만일까?

아무튼 2학년에 편입하여 딱딱한 인문계열에서 식물을 다루고 신비로운 생명체를 번식할 수 있는 자연의 아름다움과 생명의 번식과 재배 기술을 배우면서 그 학문에 얼마나 도취되었던가? 비록 학교생활을 하면서 성실하게 정열을 받쳐 생활은 못 했지만 즐겁게 학업에 매진할 수 있어 졸업을 하였다.

70년대부터 국가가 급진전하게 발전함으로 말미암아 도시의 팽창화, 콘크리트 문화의 발달로 도시는 하루가 다르게 발전되어 갔다.

이때 나는 졸업 후 사회 첫 발을 건축업에 뛰어 들었다. 건축업이라면 거창한 사업처럼 들리겠지만 내가 행했던 것은 가정주택을 지어 파는 일종의 집 장사였다.

내 고향에는 부모님들이 가지고 계신 땅이 좀 있었고 그 땅들을 정지하여 집을 지어 팔면 땅 값은 땅값대로 그리고 내 노임은 건축비에서 충분한 득을 볼 수가 있었다. 그 당시에는 인건비도 싸고 자재비도 싸던 시절이었다.

요즈음이야 콘크리트 믹서를 할 때 들어가는 자갈들은 큰 바위를 깨어 잘게 만든 것들을 이용하지만 그때는 하천에서 채취한 자연석 자갈과 모래로 집을 지었기에 튼튼히 지을 수가 있었다. 한 채의 집을 짓기 위해 기초에서부터 실내도배 및 마감이 이루어지기까지 많은 노력과 땀이 들어간다는 것도 새삼 배우며 나름대로 돈을 벌고 있을 무렵 뜻하지 않은 유류파동이라는 70년 후반 지금의 IMF와 같은 경제적 불황이 닥쳐왔다.

공장에서 생산되는 섬유, 고무 제품들은 기름 한 방울 나지 않는 우리들로서는 국제 시장에 유류단가가 엄청나게 올라가 전량을 수입에 의존하는 우리로서는 경쟁에서 살아남을 수가 없었기에 섬유 산업과 신발 산업의 연쇄 부도가 발생하여 자연적으로 부동산 시장의 침체라는 국면에 접어들어 나에게도 시련이 닥쳐왔다. 그 동안 모았던 것을 재투자하여 보다 큰집을 지었는데 매매가 이루어지지 않아 난처한 입장이 되었다.

이미 결혼을 하였고 내 한 몸 같으면 어찌 못하겠나마는 가정을 가진 가장으로서 역할에 문제가 생겼던 것이다.

부모님께 생활비를 타 쓰는 것도 한 두 번이지 어른들을 뵐 면목도 없었다. 그러던 차에 인사차 어느 초등학교 교장선생님께 들렸더니 곧 중등교사 임용고시가 있을 거니 준비하라고 말씀하셨다. 그 얘기를 듣고 20여 일을 공부를 할 수 있는 기간이 있었다.

그토록 대학 생활을 태만하고 게으르게 생활하던 내가 이때 보낸 20여 일은 아마도 평생에 잊지 못할 만큼 열심히 노력했다. 두문불출하며 교재도 이것저것 선택할 겨를이 없었다. 전공은 그렇다 치고 교육학은 도저히 자신이 없어 책 한 권을 마스터하기로 결심하여 준비했던 것이 다행히 임용고사에 합격하여 경남 사천에 있는 농업고등학교에 첫 부임을 한 것이다.

그 당시 S군은 인구 1~2 만 명 조그만 한 소도시의 농업학교로 지원하는 학생들은 가까운 대도시의 인문 고등학교 등에 진학할 수 없는 아이들, 쉽게 말해 성적으로 1, 2차 걸러진 학생들이 입학하는 학교였다.

첫 교직 생활 속에 너무도 많은 일화들이 깃든 곳으로 나에게는 너무도 소중한 경험지였다.

학생들의 지도에 가장 문제가 되는 부분은 그들이 두뇌가 나빠 학업성적이 부진한 것도 아니요, 뒷골목의 방랑자들처럼 싸움질을 해서 문제를 제기하는 것도 아니었다.

그들은 단지 오랫동안 길들여진 나쁜 습관과 부모들의 무관심에서 비롯되는 태만함이었다. 며칠이 지나도 학교에 등교하지 않는가 하면 학교에 와서도 아무런 이유 없이 도망을 가는 학생들이 많았다.

그래서 그들의 올바른 생활지도를 위해 방과 후 가정방문을 많이 다녔다. 국도를 제외하곤 모두 비포장도로인데다가 하루에 한두 번 버스가 다니는 곳도 많았다. 웬만한 곳은 자전거를 타고 가정방문을 했으며 심지어, 어떤 마을에는 학부모들이 없는 곳도 있어(들판에 나가 농사일을 하기 때문에) 이장 댁에 가서 마이크를 빌려 "○○○학생 오늘 학교에 오지 않아 선생님이 가정방문 왔습니다. 이 방송을 듣고 학부형께서는 집으로 와주시면 감사하겠다"는 등…….

또 어떤 학부모는 어렵게 가정방문을 가면 대문 앞에 사람을 세워두고 하시는 말씀이 "도저히 집에서도 말을 듣지 않으니 학교 교칙대로 학생을 퇴학 시켜주십시오" 하며 오히려 부모들이 학생을 퇴학시켜달라는 무지의 세월도 있었다.

참으로 가슴 아프고 무지한 학부형을 대할 때 비로소 나의 역할이 필요함을 실감할 때가 많았다. 그들에게 학교마저 없다면 사회의 낙오자 아니 이 사회의 악으로밖에 변할 수 없다는 생각이 간절하였기에 그들을 설득하며 학교생활을 무난히 마칠 수 있도록 지도했던 것을 보람으로 생각했다.

　그 곳 생활 2년째 여름방학 하던 날 청소시간에 불행한 일이 생겼다. 내 학급의 아이가 수업을 마치고 청소하는 시간에 옆 반 교실 친구에게 갔다가 사소한 시비 끝에 한 아이에게 급소를 맞아 입에 거품을 물며 쓰러졌다. 다급히 한 학생이 찾아와 알려주기에 급히 교실에 가보니 위급한 상황이었다. 학교 트럭에 녀석을 태워 시내병원에 갔으나 응급조치도 하지 않고 가까이 있는 큰 도시인 진주로 데려가라고 했다. 급기야 차를 돌려 J시로 데려간 도중 녀석은 숨을 놓고 말았다. 얼마나 슬프고 아픈 기억인가?

　녀석의 시신을 도립병원 영안실에 안치시켜놓고 여름방학의 절반을 병원에서 보낸 기억도 있다. 누구의 잘못인가?

　사람들은 흔히 문제가 생기면 책임 소재를 놓고 이렇다 저렇다들 따지곤 한다. 그러나 뚜렷한 해답이 없었다. 결국은 가해자 학생의 부모가 "나는 몰라요" 해서 학교에서 문제를 해결하는 데 무척 어려움이 많았다. 피해자의 부모, 형제들의 원성과, 고통을 같이하는 데는 시간이 필요했던 것이다.

　그 당시 같이 근무하시는 선생님들이 혼연 일체가 되어 서로 교대해 가면서 영안실에 상주했고 방학의 절반이란 시간이 이 사건을 해결하는 데 메여 있었다.

　물론 나 자신의 고통은 마치 내가 죄인 모양 모든 잘못을 학부모님께 빌었고 원만한 해결을 위해 최선의 노력을 하였다. 교직생활 두해 째 밖에 되지 못한 나에게 너무나 큰 경험이었다. 결국 가해자 부모님은 뒷전에 물러앉은 체 학교장 장례로 치러졌다.

　그리고 조의금은 학교에서 조금 마련하고 선생님들이 십시일반으로 호주머니를 털어 성의껏 얼마씩 해서 전달하고 마무리를 지었던 것이다. 물론 가해자 학생은 부모들의 무관심으로 소년원에 송치되고서야 모든 것이 끝이 났다.

참으로 가슴 아픈 경험이었고 지금까지 교직생활을 하면서 그때 일을 교훈 삼아 "아이들이 있는 곳에 최소한 학교 내에서 선생이 있어야 한다."는 생각을 가지고 생활지도를 하고 있다.

그리고 그 이듬해 발령을 받아 떠나 올 때 아이들이랑 손을 잡고 "부디 교정에 핀 목련꽃처럼 청순하고 맑게 학창시절을 보내며 다음 만날 때 훌륭한 사람이 아닌 이 사회에서 필요한 사람이 되어 주었으면 좋겠다"는 작별의 정을 나누며 내 고향 K시를 찾아온 지 어언 20년이 다 되어간다.

이렇듯 꿈도, 해보고 싶은 것도 많았던 시절이었지만 뒤돌아보면 부질없는 것, 세월의 쳇바퀴는 굴러 아무 한 것도 이루어 놓은 것 없이 불혹의 세월을 넘어 버렸다. 그야말로 인생무상이라 할까?

새벽녘의 기온은 제법 쌀쌀한 초가을의 기후가 완연하다. 잡초 더미를 비집고 나와 한 송이 꽃을 피운 메꽃들, 공원 잔디밭 주변 언덕에 솟아 있는 억새풀의 흐느낌들, 풀 더미 속에 특유의 풀내음 나는 향기로운 냄새들, 재래종 감들이 누렇게 익어가는 모습들은 시골의 정취가 아니면 느낄 수 없는 것이 아닐까?

공원에는 제법 많은 남녀노소들이 조깅을 하거나 운동기구를 통해 그들의 체력을 단련하고 있다. 대개 연령층은 육칠십 대의 사람들이 대부분이었다. 그 속에 나란 존재는 젊은 층에 속하건만 왜 내가 이 자리에 있는가? 살아온 세월 속에 번민은 그들 보다 더 많은 것일까 하는 생각이 들었다.

이곳 봉황대는 1983년 12월 20일에 경상남도 문화재 자료 제

87호로 지정되었고, 가락국 제9대 겸지왕(492~521)때 정절을 지킨 출 여의 낭자와 황 세 장군과의 애틋한 사랑의 전설이 담긴 곳으로 정절을 지키며 일생을 마쳤다하여 후세 사람들이 이곳에 사당을 지어 그녀의 순고한 넋을 기리고 있기도 한 곳이다. 참으로 본받을 만한 설화가 아닌가 싶다.

의지력과 자제력이 약하고 마음먹은 하나의 행동을 꾸준히 실천하기 힘든 성격의 소유자, 살아가면서 마음속은 자꾸만 좁아져 이해심이 부족해지고 퇴폐적이고 향락적 생활로 젖어드는 자신을 생각하며 이제라도 좀 더 건전하고 무엇인가 찾고 싶어서 얼마 전에 인제 대학에 일본어 강의 신청을 해 보았다. 지금까지 살아온 것을 탈피해 가장 작은 것부터 실천하면서 그리고 노력하며 인생을 새로이 산다는 느낌으로 한 걸음 한 걸음 다시 노력해 보고 싶었다. 사람이 무엇인가 할 수 있다는 것은 참으로 보람되고 시간을 활용할 수 있는 기회가 오는가 싶은 생각이 들었다.

아직 몇 번의 강의를 받지 않았지만 학창시절 못다 해본 것에 대한 도전이 굳어져 가는 두뇌 속에 새로운 세포의 활동을 자극하는 것은 조금은 괜찮은 것 같다. 직장 속에서 시간 활용이 그렇고 잡다한 상념들이 떠오르지 않아 더욱 좋다.

누군가 말하기를 "인생의 성공비결은 자기가 좋아하는 일을 하는 것이 아니라 해야만 하는 일을 좋아하도록 노력하는 것이다"라고 했다. 일을 한다는 것은 즐거움을 갖지 않고는 성과도 꾸준함도 없는 것이다.

무엇보다 중요한 것은 자신이 하고 있는 것들을 즐겁게 생각하며 노력한다면 무엇인가 꼭 이루어 낼 수 있으리라 생각이 든다.

이른 아침 나무사이 숲 속에서 신선한 공기를 마음껏 심호흡해 본다. 하루의 충전을 위해서…….

그리고 떨어지는 낙엽을 밟으며 많은 것들을 생각해 본다. 모든 욕망으로부터 탈피하여 내 본연의 자세로 돌아와 제자들을 위해 올바른 길로 인도하고 그들의 나름대로 진로를 결정하여 마치 한 대의 자동차를 탄생시키기 위해 수 천, 수 만 가지 부속이 필요하듯 우리 사회에 필요한 일꾼으로 이끌어 주고 싶다.

그들 곁에는 끊임없는 훈계와 채찍이 필요하지 않는가? 때로는 우리 아이들의 일거수일투족을 보노라면 실망스럽고 회의를 느낄 때도 수없이 많다. 이런 까닭에 선생님들 스스로가 학생들의 생활지도를 포기하며 단순한 직장인으로 생각하는 경우도 사실이다.

그러나 청소년들이 올바른 가치관을 갖고 행동할 수 있도록 사회나 가정 학교 모두 삼위일체가 되어 노력하는 세상이 되었으면 좋겠다.

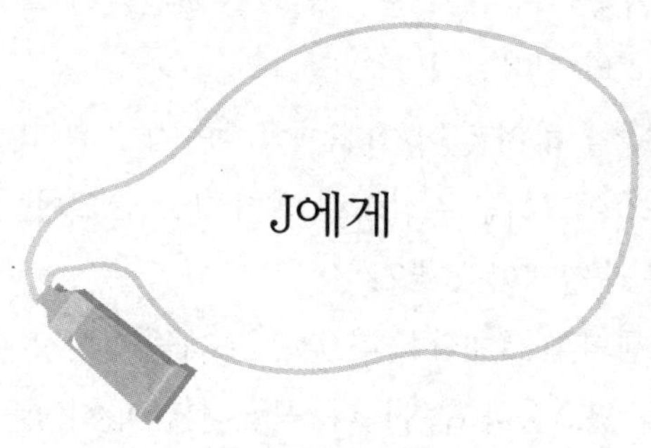

1.

　　주어진 시간과 공간 속에서 주변의 아름다움이나 여유 있는 분위기조차 마음속에 들어오지 않습니다. 한 가지 오로지 그대만이 나의 자율신경을 모두 지배하고 있다고 생각하니 젊은 시절에도 겪어 보지 못한 감성이 용솟음칩니다.

　내면 깊숙이 숨겨진 보통의 감정이 아닌 열정으로 다가오고 그 열정을 선뜻 사랑이란 단어로 표현해도 좋을지 생각을 해봅니다. 사람이 사람에게 사랑의 감정을 느낀다는 것은 아무에게나 느낄 수 있는 마음이 아니라 생각합니다. 어쩌면 그 순간부터 고민의 연속이요 때로는 슬픈 비애의 아픔을 더 느껴야할 지도 모르겠습니다.

　살아온 지난날의 환경과 행로가 달랐던 우리들의 만남에 있어서 참으로 견디기 힘든 순간들이 많이 있습니다. 그러나 우리 모두가 어떤 한 가지에 초점을 맞추어 서로를 이해하며 서로를 존중하고 아껴주는 마음으로 문제를 해결해 간다면 그렇게 어려운 문제도 없으리라 생각합니다.

사람이 사랑을 하며 살아간다는 의미는 새로운 희망과 환희를 느끼며 살아가야겠지만 소설처럼 해피 앤드로 끝나는 것이 아닌 것이 실제 우리 인생이겠지요?

적어도 인생의 희로애락을 다 겪은 우리들의 만남은 최소한 이런 마음이 꼭 필요하다고 봅니다. 물론 사람과 사람을 비교해 볼 때 개인차는 물론이요 경제적 지위에서 사회적 역할까지 많은 차이를 가지고 있겠지요? 오로지 그대 마음이 내 곁에 있다는 전제 하에서는 그런 격차는 나의 고민에서 아무런 문제가 될 수 없다고 생각합니다.

아무쪼록 한 해를 마무리하는 12월에 모든 축복이 그대에게 있도록 기원하면서…….

2.

징검다리를 아무리 조심스럽게 걷는다고 해도 그것은 돌다리나 철 구조물의 다리를 걷는 그런 편안한 모습은 아닐 겁니다. 간밤에 잠을 뒤척이며 많은 생각과 고민을 해보았지만 결코 사랑은 선택이 아닌 필수과목인데 어찌하여 나에겐 잔인한 선택의 기로에서 그것도 그대 곁을 떠나려는 선택을 하게 되었는지는 모르겠습니다.

철부지 소녀와 같은 청순한 모습을 가진 당신은 참으로 아름답고 나에게 많은 것을 느끼고 생각하게 하였습니다. 지난 몇 달은 불혹의 나이를 넘은 나에게 지금까지 살아온 것보다 더 많은 희

열과 열정을 갖게 하였습니다.

불행했던 과거, 지난 세월은 나에게 참으로 무의미하고 살아가는 뚜렷한 목표도 잃어 버렸지요. 사춘기 시절에 막 이성에 대한 새로운 호기심을 갖고 접근할 때처럼 그대와의 만남이 나에게 설렘으로 다가온 것은 틀림없었습니다. 참으로 기구한 운명의 덫은 나로 하여금 긴 탄식과 질책 그리고 또 다른 비애를 맛보아야하는 계기가 될 줄은 짐작도 못하였습니다.

그대를 향해 달려갈수록 형언하기 힘든 괴로움이 나의 가슴에 상처를 남기는 알 수 없는 사랑의 감정이 싹튼 까닭일 겁니다.

사람의 감성이란 참으로 묘한 구석이 있나 봅니다. 연민과 동경 속에 갈등과 고민을 스스로 만들면서도 새로운 행복을 느끼게 하고 살아갈 그 어떤 의미를 스스로에게 부여해 주는 것을 보면 그런 생각이 듭니다.

아! 지금 내 심장의 박동소리는 곧 멎을 것 같고 주변을 의식할 수 없는 오로지 혼자 상태라면 좋겠다는 일념뿐입니다.

그대와 헤어져 있는 많은 밤들을 잠을 설쳐가며 뒤척이는 모습이 새삼스레 부질없는 불장난일 거라는 생각을 하면서도 한 가닥 희망은 오로지 그대를 내 곁에 두고 싶다는 욕망에 생각해선 안 될 망상으로 괴로워했습니다.

영롱한 밤하늘의 별빛을 바라보아도 그대를 곁에 둘 수 없다는 안타까움 때문에 결코 아름다움을 느낄 수 없고 한없이 밀려오는 동경의 나래는 나를 먼 곳으로 인도한답니다.

그러나 그것은 한갓 나의 생각이었다는 것이 나로 하여금 더욱 더 서글프게 만들고 그대의 뇌리 속에 내 자신이 비집고 들어 갈

틈이 없다는 것을 안타깝게 합니다.

　마치 감방의 사형수가 쇠창살 출입문을 열고 교도관이 자신의 등 번호를 부를 때처럼 모든 희망이 좌절되고 표현할 수 없는 오싹한 공포에 질리듯이 내 자신도 그것과 한 치도 다를 바 없는 불운이라 생각을 하곤 합니다.

　사람이 사랑을 한다는 것은 그 깊이가 깊어갈수록 번뇌의 시간이 많다는 것을 몰랐던 일은 아니지만 불행히도 새삼스럽게 느꼈습니다.

　자신의 천성 때문에 당신의 말씀처럼 "진정한 사랑의 승자가 아닌 사랑을 할 자격이 없다"는 충고가 뼈저리게 느껴지지만 타고난 인성을 개조한다는 것은 불가능한 까닭에 차라리 편한 마음으로 예전에 그랬듯이 떠나려 합니다. 이러한 나의 결심은 물론 당신의 의지와는 무관하다는 것을 말씀드립니다.

　추진도 해보지도 못하고 미리 물러설 준비를 먼저 해 버리는 우매하고 비겁한 사내라 비웃어도 할 말이 없습니다. 그리고는 많은 세월을 후회와 번민 속에 방황하고 고민하며 살아가는 초라한 자신의 모습이 눈에 선합니다.

　고요한 정적을 깨뜨리고 뒷산자락 끝에서 들려오는 풀벌레소리처럼 쉴 틈 없이 마냥 울어 댑니다.

가을 예찬

　　농부들의 피와 땀의 대가로 얻어지는 결실의 가을, 온 산과 들녘을 바라보니 풍요롭기 그지없다. 가뭄의 해갈에 몸부림치던 때가 엊그제 같은데 시간의 쳇바퀴는 빨리도 달려 한 계절을 훌쩍 뛰어 넘고 또 한 해를 마무리하는 추수의 계절로 나를 안내한다.

　여물어 빨갛고 탐스럽게 익어 가는 감, 성급한 어린아이는 기다란 장대에 십자가 갈고리를 만들어 홍시를 딴다. 가지 끝에는 언제부터인지 짙은 단풍 빛이 감돌고 병들어 떨어진 잎 새 마른 가지 사이에 까치가 앉아 한가로이 먹이를 쪼고 있다.

　과실을 수확하고 나면 까치밥을 달아 두던 풍습도 옛 것 인 양 이제 까치도 인간사에 더 이상 길조가 아닌 애물단지로 변해버렸다. 산등성이 따라 가노라면 먼 옛날 어릴 제 우리가 심었던 어린 소나무 묘목들이 내 키 몇 배나 되어 보이는 울창한 숲으로 변모해 있고 인적이 드문 산자락 비탈길에는 칡덩굴들이 나무들을 휘

감고 자란다.

　짓궂은 등산객들의 손길은 날 짐승들의 먹이인 도토리, 밤톨을 털어 겨우내 그들이 먹을 양식을 약탈해 간다.

　오랜만에 오르는 산이라 가쁜 숨결을 고르며 심호흡하며 산정에 올라 석양 햇살에 비치는 온 들녘을 바라보니 그야말로 황금 물결로 어우러져 이 가을의 풍성함을 더욱 뽐내고 있다.

　아! 이 가을날에 잃어버린 향수와 가슴속에 묻어 둔 그리움, 사랑, 여유를 찾아 주말쯤에 교통 체증의 짜증이 나는 자동차는 두고 교외선 기차를 타고 채색되어 가는 가을 들녘의 풍요로움을 찾아 가벼운 여행을 떠나보는 것도 좋으련만.

　그리고 되돌아가는 길에 배낭 속 가득히 차창에 어리는 비록 달빛은 어둡고 가냘픈 초승달이지만 머지않아 보름 한가위가 될 여유 있는 풍경을 가득히 담아 가는 것도 더 더욱 좋으련만.

　예전 같으면 풍요로운 결실을 축복도 하고 했건만 오히려 풍년이 농민들의 시름으로 덮여 있으니 이 얼마나 아이러니한 세상인가?

　헐벗고 굶주리며 풀뿌리로 연명하던 시절이 있었는가 하면 쏟아지는 농산품들을 다 소비하지 못해 창고에는 재고로 싸여 제값을 받지 못하고 수입 농산물에 밀려 근심 걱정이 태산 같아 지는 농부의 심정은 무겁기만 하다. 산업이 발달되고 분업화되면서 언제나 사회의 밑바닥에 있고 소외되며 천시되어 온 농민들, 그들에게는 우리들의 어버이 품과 같은 따스함과 인자함이 몸에 배어 있다.

　문전옥답과 애써 가꾸시던 가축을 내다 팔아 자식들을 공부시키며 뒷바라지하시던 그 분들이 똑똑한 자식들 덕에 버림받고 무시당하며 오늘도 이 들녘을 꿋꿋이 지키고 있다. 그들을 버린 자식을 위해 풋것일랑 온갖 것 정성스레 가꾸며 기다리고 있지 않는가?

올 들어 유난히 어려운 경제 사정으로 소비는 줄고 서민들 주머니는 가벼워 더 이상 지출할 수 없는 어려움과 미국의 테러 사건으로 세계는 알 수 없는 전쟁의 소용돌이 속에 다가오는 추석을 어떻게 지내야 될 지 걱정들이 앞선다.

아침저녁으로 제법 소슬한 바람이 부니 긴소매의 옷을 꺼내 입고 옷깃을 여미게 하는 계절, 이 가을을 일러 천고마비의 계절이라 하지 않았던가. 주경야독을 하며 무엇 보다 풍요로워야 되는 것은 우리들의 마음이 아닌가 생각된다.

이 가을날에 우리들의 마음을 풍요롭고 넉넉하게 채우기 위해 좀 더 가까이 책을 놓고 마무리하지 못한 것들을 완성시키는 시간을 갖고 싶다.

콜럼버스가 아메리카 대륙을 발견하고 담배를 유럽으로 가져간 것으로부터 인류의 불행이 시작되었다고 본다. 그러나 나는 담배 자체가 지닌 화학적 성분이나 사람의 건강에 미치는 악 영향 등에 대해서는 일언반구도 하기 싫다.

왜냐하면 흡연자 내지는 애연가들의 입장에서 본다면 금연을 못하는 처지에서 그런 이야기를 듣는 것 자체가 스트레스요 잠재의식 속에 남아 건강에 더 나쁜 영향을 줄 우려가 많기 때문이다. 흡연을 하는 사람이라면 담배에 대한 에피소드나 일화들이 많이 있으리라 생각된다.

언젠가 학생들의 설문지 조사에 의하면 처음 담배를 접하는 경우가 중·고등학교 수학여행이나 소풍 등의 행사를 통해서 선생님들의 시선을 피해서나 때로는 친구들의 자취방 혹은 맞벌이 부모를 둔 학생들의 집에서 어른들이 아무도 없을 때 모여 호기심의 발동이나 충동적으로 배운 담배는 곧 학교생활에 연장이 되고 교내 흡연자로 전락하게 된다고 한다.

또한 그때 느끼는 스릴과 그 맛을 어찌 표현을 할 수 있겠는가?

학창시절 흡연을 하다가 지도부 선생님께 붙잡혀 신나게 볼기 짝을 맞고 그것도 모자라 정학 처분을 받곤 하던 아이들, 한 화장실 속에 사 오명이 들어가 담배 한 개비를 돌려가면서 한 모금씩 힘껏 빨아 피우던 때를 생각 해 보면 웃음이 저절로 나오곤 한다.

그 뿐인가 남자라면 대부분 다 경험을 했지만 군대 입소하여 고된 훈련을 받으면서 매시간 마다 10분씩 주어지는 휴식 시간에 '담배 1발 장진' 이란 소리와 함께 폐부 깊숙이 들어 마시는 한 모금의 담배는 심신의 모든 고통을 잊어버리기에 충분했다.

그리고 과거에 우리 할아버지들의 질화로 가까이 앉아서 담뱃대 두들기며 봉초를 말아 넣고 피우던 여유 있었던 모습들이 새삼 부럽다. 그때는 흡연 장소의 제한은 물론이요 금연이란 단어조차 구경하기 힘든 시절이어서 참으로 흡연자들의 천국이었는지도 모른다.

그러나 지금은 장소의 제한은 물론이요 연신 매스컴을 통해 흡연의 우려와 병폐를 보도하니까 내 자신도 이십팔 년을 넘게 즐겨 피우던 담배를 끊으려고 결심을 하기를 수없이 반복하면서 잘 실행이 되지 않는 어리석음을 계속 범하면서 그때의 갈등과 번민을 다음과 같이 몇 자 적어본다.

한 모금 입 속에 넣어
길게 내 품는 연기는
혼미한 정신의 모든 시름 잊게 하나니

언제부터인가?
내 곁에 동고동락한 님 하나 있으니
행여 곁에 없을까 안절부절못하고
정신병자 따로 있나 횡설수설하며
때로는 동료들에게 한 개비 구걸 할 때면
마치 삼등신 같은 내 모습이
애처로이 보이네

마지막 한 모금 맹서는 수없이 되 뇌이건만
나를 비웃듯
부질없는 일이 되고
아내는 홀아비 냄새 난다고 투정
법의 이름으로 애호가들을 범법자로 내몰고
주어진 공간에서 살라고 하니
세상 더러워 금연을 할까보다
각종질환 경고하지만 나이 드니 자연스레
금연의 맹서를 되뇌이네

　이렇게 안쓰러운 이면에 참으로 정신 건강에는 그렇게 좋을 수가 없었다.
　인생이 어찌 좋고 즐거운 일만 있었겠는가? 숱한 좌절과 괴로움을 당했을 때 그야 말로 가장 가까운 어느 친구 보다 위안과 위로가 되었던 것도 사실이다.
　몇 년 전 서구 유럽 쪽으로 연수를 간 적이 있다. 그곳의 고등학교 학생들은 담배를 자유스럽게 피우고 있는 문화적 차이를 경험하게 되었는데, 그런데 그들은 성인이 되면서 대부분 금연을 한다는 것이다. 다시 말하면 경험을 통해서 올바른 것을 스스로 선택할 수 있는 자유가 아닌가 생각이 된다.

또 유럽에는 담배 한 갑 가격이 한화로 약 오천 원 정도로 굉장히 비싸기 때문에 사람들은 봉초(봉지에 잎을 잘게 잘라 말아서 피울 수 있도록 된 것)를 사 가지고 태우는 사람도 많다. 한 봉지에 사오십 개비 정도 만들 수 있고 또 가격이 2500원 정도 하니까 젊은이나 저소득층의 사람들에게 인기가 있었다.

그곳에 3개월 머물면서 준비해 간 담배들이 거의 거덜이 나고 한 갑에 오 천 원 정도 하기 때문에 경제적으로 상당히 부담이 되었다.

그래서 우리는 동구권에는 담배 가격이 싸다는 것을 알고 있었기 때문에 주말여행 계획을 세워 관광과 담배 구입 목적으로 독일을 거쳐 체코에 들어갔다. 어차피 유레일패스(일정기간 기차를 탈 수 있는 승차권)를 끊어 왔기에 독일 국경까지는 별도로 교통비가 필요 없었다. 목적지인 체코의 수도 프라하에 도착하여 관광 후 담배를 한 달 남짓 남은 생활에 필요한 양만큼 다섯 보루씩 샀다. 물론 그 양에는 연수생 동료들이 부탁한 담배도 있었다.

우리는 귀환을 위해 프라하 중앙역에 도착하여 기차를 기다리다 시간이 되어 역 청사 위층에 있는 플랫폼으로 기차를 타기 위해 나왔다. 역 청사 내에는 금연이란 사실을 알았기에 기차를 1시간 넘게 기다리면서 담배를 태우지 않았다. 플랫폼에서 프라하를 떠나기 전에 여행자의 아쉬움을 달래며 한 개비 담배를 피우고 있는데 경찰관 두 명이 나에게 다가와 여권을 보여 달라고 했다.

나는 무심결에 검문을 하는 줄 알고 거리낌 없이 여권을 보여 주웠다. 이게 웬 날 벼락인가? 경찰은 나에게 플랫폼 기둥에 새겨진 'NO Smoking'이란 작은 글귀를 보라고 하였다. 분명히 NO Smoking(금연)이라 되어 있었다.

그래서 나에게 8 US 달러에 해당되는 벌금을 환전소에 가서 환전해서 체코 돈으로 내라고 했다. 그들은 구소련 공산권에서 독립된 지가 얼마 되지 않는다. 법 집행에 있어서 경직된 분위기가 때로는 살벌한 느낌마저 들었다. 어쩔 수 없이 환전을 하여 벌금을 내고 나머지 잔돈은 역내에 득실거리는 거지들에게 주었다. 같이 간 종료들은 내가 흡연 때문에 벌금을 낸 것을 통쾌하고 우습다고 놀려댔다. 천장이 뻥 뚫린 플랫폼에 금연구역이란 것은 차마 생각도 못했다.

나는 평소에 담배를 무척 좋아하고 많이 피우는 습관(이틀에 3갑 정도)이지만 잠자리에 들 때는 담배 냄새를 싫어하기 때문에 담배를 피우지 않는 동료 1명과 비 흡연실 칸에 타고 나머지는 흡연실 칸에 탔다.

그리고는 여행의 피로로 인해 잠이 들었는데 주위가 소란스러워 잠을 깨어보니 우리들이 탄 기차가 독일 국경에 넘어 오면서 여권 심사와 더불어 흡연 칸에 있는 사람들만 소지품 검사를 하고 있지 않은가? 한 사람 당 담배 한 보루를 제외한 나머지는 압수당하고 제법 많은 벌금을 내었다.

내가 플랫폼에서 담배를 피우다 벌금을 낸 것을 고소히 생각하는 동료들이 지금은 그들이 당하고 있지 않은가? 이유인즉슨 많은 사람들이 동구권에 싼 담배를 사 가지고 밀무역을 한다고 하여 철저히 검사를 하고 있었다. 참으로 웃지 못 할 에피소드라 할 수 있지만 명백한 범법 사실에 우리는 반성을 한 경험도 있었다.

이제 애연가들도 하나 둘씩 금연을 선언하고 있다. 하기야 성인 흡연율 실태를 보면 우리나라가 세계 1위라고 하니 부끄러울 따름이다.

그러나 지나치게 흡연자들을 호도 하거나 범법자 취급을 하여선 안 된다. 그들도 어떤 계기가 주어진다면 금연을 할 수 있으리라 생각된다. 다 같이 공존하면서 우리들의 행복을 추구했으면 좋겠다. 또다시 시행의 착오가 있을지 모르겠지만 많은 갈등 속에 내 자신도 금연을 하리라 다짐하면서 졸시를 적어본다.

아! 이제 너와의 작별을
고할 시간이 되었나 보다.
수 십 년을 동고동락하면서
항상 내 곁에 머문 너
나의 슬픔을 너의 아픔인양
너의 가냘픈 초목을 태우며
위로와 안식을 주었지
때로는 삶의 역정에 지쳐 있을 때
잔잔한 위안을 주며 다가와
인생이란 다 그런 거라고
역정을 극복하지 못 한다면
살아 갈 가치가 없다고

채찍질하며 엄히 나무라던 그대

잠 못 이루는 고독한 밤이 찾아 올 때나
서로의 대화가 필요할 때면
어느 누구도
그대와 나 사이를 떼 놓을 수 없었지
둘의 불장난은 정도를 더하여가고
아! 난 그대의 감언이설에
눈과 귀가 멀었고
그대 아름다운 향기에 도취되어
온 육신은 혼미한 정신병자처럼 병들어 가고
자신의 신념으로 살아갈 수 없는
무기력한 패배자로 전락하고
급기야 그대와 작별을 고하고자 하나
그것마저 뜻대로 이루어지지 않으매
헤어지기를 수 십 번
반신 불구가 되어 넋을 잃고야
이별을 할 수 있는 어리석고 우매한
삶을 엮어 온 자신을 경멸하면서
하이얀 드레스의 여인이여!
'안녕' 이란 작별을 고한다.

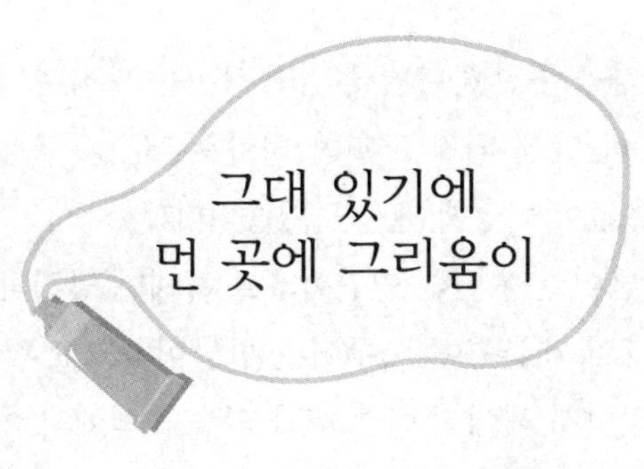

첫사랑의 연정은 누구나 갖고 있을 것이다. 나도 대학 1학년 때 만난 그 사람이 그러한 대상이었다. 매일 같이 만나고 돌아와도 온 방이 텅 빈 허전함을 갖게 했고 그녀의 얼굴을 떠올리며 밤이 늦도록 잠 못 이루는 시절에 그녀에게 보낸 글들이 요즈음처럼 컴퓨터에 저장이 되었더라면 아마도 몇 권의 책으로 만들어 질 수도 있었겠지만 그럴 수 없는 안타까움이 있다.

사람의 만남은 우연이다. 그 우연을 인연으로 만들기 위해 어느 한 사람을 몸부림쳐가며 사랑을 해보았고 그리고 너무도 사랑하였기에 행복을 빌며 떠나보냈다. 순수하고 정신적으로 승화된 사랑은 아름다움으로 남는다는 것을 이 순간도 자부하고 싶다.

그래서 지금 그녀에 대한 그리움이 날이 갈수록 폐부를 파고들며 아픔에 잠 못 들어 하며 그대 있는 먼 곳을 동경하며 살아가고 있다.

그녀에게 보낸 글들을 어렴풋이 기억을 되살려 적어본다.

1.

오늘의 만남을 주신 하나님께 먼저 감사를 드리며 헤어진 지 불과 두서너 시간밖에 되지 않지만 벅차오르는 지금의 내 감정을 어떻게 할 수 없어 이렇게 펜을 들었습니다.

사람의 만남이란 우연한 인연이라고 하지만 당신과 나의 만남은 정확한 나의 계산속에 이루어진 만남이라고도 할 수가 있지요. 당신과 만나서 헤어진 이후 내가 외숙모 댁에서 머문 몇 시간은 그렇게 지루할 수가 없었다오.

비록 나는 무신론자이지만 처음으로 하나님의 이름을 부르며 꼭 다시 한 번 만날 수 있는 기회를 달라고 빌었답니다. 아까 만났을 때는 차마 사내 자존심이 있어 이런 말은 할 수 없었지만 지면을 통해 비로소 당신에게 떳떳이 말을 할 수 있답니다.

나는 당신을 꼭 다시 만나보고 싶기에 아니 당신은 나의 운명이라는 갑작스런 생각에 하루 머물고 가라는 외숙모님의 만류도 뿌리치고 외숙모님께 작별인사를 하고 뛰쳐나왔습니다. 상행선 열차 시간을 알아보고 당신이 귀경할 시간을 대충 계산해서 외가집을 나섰습니다.

다행히도 당신은 내가 생각했던 시각에 와 주었지요. 만약 그대가 오지 않았다면 나는 마지막 기차 시간까지 역에서 기다리려 하였답니다.

자연스레 당신과 함께 오는 기차 차창 가에 어리는 그대 모습에 두근거리는 가슴을 진정할 수가 없었습니다. 중도에서 탑승한 탓에 앉을 자리가 없어 많이 안타까웠지요. 하루에 두 번을 우연히 만날 수 있다는 것은 아마도 그것은 틀림없는 우리들의 인연이었을 겁니다.

그때 나는 마음속으로 다짐을 했지요. 우리들의 소중한 만남을 언제까지나 행복하고 즐거운 시간으로 만들고자 노력하기로 결심을 하였습니다.

아! 그립습니다.

처음 만난 당신께 이런 표현을 쓴다는 것을 이해 바라며 오늘 당신을 만난 벅찬 마음에 도저히 잠을 이룰 수가 없어 헤어진 지 불과 몇 시간 만에 이렇게 펜을 들었답니다.

내가 지금까지 가꾸어 온 모든 것을 당신에게 바칠 수 있는 기회를 준다면 더 이상 행복은 없으리라 생각합니다.

그리고 우리들의 만남을 아름답고 즐거운 추억들로 많이 만들도록 각별히 노력할 것을 맹서하면서 이 밤의 작별을 고합니다.

ps : 이렇게 지면을 통해 일방적으로 마음이 격앙된 글을 적은
　　 것에 대해 너무 꾸짖지는 말아주십시오.

2.

내 방에는 온통 그대의 얼굴뿐입니다. 오늘 그토록 긴 시간을 그대와 함께 지냈으면서도 집에 돌아와 어두운 방에 불을 켜는 순간 온통 허무 그 자체였습니다. 마치 무엇을 어디엔가 두고 온 사람처럼 잠시 동안 넋을 잃어 버렸습니다.

그리고 시간이 조금 지나서야 나는 그것을 깨달을 수가 있었습니다. 그것은 당신에게 나의 넋을 두고 온 탓이라 생각하며 이 글을 쓰고 있답니다. 지금 제 책상 위에 있는 라디오에서는 '한 밤

의 음악편지' 라는 프로그램의 음악이 흘러나옵니다.

젊은 연인들이 지나온 날들을 그리워하고 이별에 대한 안타까움을 토로하며 그리곤 그리움에 싸여 자정이 넘은 시각에 그들의 애틋한 사연들을 엽서나 사연을 보내 방송하고 있지요. 수많은 연인들의 애틋한 사연들 하나하나가 아나운서의 감미로운 목소리로 흘러나올 때 적막한 이 밤은 더욱 고요와 그리움이 엄습해 오는 것 같습니다.

저는 고등학교 때부터 이 방송을 청취하였답니다. 그 이유는 누나에 대한 그리움이 있었기 때문이랍니다. 나에게는 사랑하는 누이가 하나 있었는데 암으로 몇 년 전에 이 세상을 떠났답니다.

생전에 나에게 많은 것을 가르쳐 주었는데 그때 누이는 '한 밤의 음악편지' 의 사연들을 책으로 엮은 것을 나에게 선물 했답니다. 고등학교 시절이라 이 책이 그렇게 좋은 줄 몰랐는데 이렇게 객지 생활을 하면서 이 프로그램의 음악을 들으면서 짧지만 애절한 사연들을 읽을 때면 내 자신도 이런 사랑의 주인공이 되어 보았으면 하는 생각을 많이 한답니다.

그리고 내가 대학에 가면 "여행을 많이 해 보라"고 당부하던 말들이 생각나지요.

내가 고 3때 4월 봄 어느 일요일이었답니다. 시골집에서 투병하는 누이가 보고 싶어 부산에서 고향집으로 내려갔답니다. 그런데 이게 웬일입니까? 집안은 텅 비어 있었고 어머니 혼자서 누나 방에서 흐느껴 울고 있었답니다.

섬뜩한 생각이 들어 "누나는 어디 있습니까?" 하며 어머님께 물었습니다.

그런데 그 답변이 무엇이었는지 아십니까?

"오늘 아침 이 세상을 떠났다"고 얘기를 하셨답니다. 스물의 나이, 피어 보지도 못하고 시들어 버린 한 떨기의 꽃이 되었답니다.

"왜 나에게 연락하지 않았느냐?"는 물음에 또 한 번의 아픔을 맛보았답니다.

"공부하는 너에게 지장을 줄까봐 연락하지 않았다"는 말씀을 듣고 나는 통곡을 하였습니다.

그리고 집을 뛰쳐나와 아랫동네에 살고 있던 친구와 가까운 공원에 가서 처음으로 술이 취하도록 마셨답니다. 끓어오르는 비통함과 슬픔을 이겨 볼까 했는데 오히려 슬픔은 눈물이 되어 얼마나 울었는지 모른답니다. 불행한 연인, 한 줌의 뼈 가루라도 내 손으로 뿌릴 수 있었다면 조금은 위안이 되었으련만……

누구보다 나를 많이 이해하고 생각하며 아껴 주던 사람이었기에 내 가슴은 더욱 비통할 수밖에 없었지요. 처음으로 내가 사랑하는 사람을 잃어버린 아픔을 배웠답니다. 편지에 이런 서글픈 글을 적어 대단히 미안하오.

음악을 듣다가 '그리움'이란 말이 나오기에 나 자신도 모르게 흥분이 되었나 봅니다.

이제 그런 그리움이 당신을 향한 마음으로 방향을 바꿀까 생각합니다.

경송 씨!

오늘 나에게 둘이서 여행을 하며 많은 것을 이야기할 수 있는 기회를 주신 것을 대단히 고맙게 생각합니다.

아무리 아름다운 자연을 보아도 당신이 곁에 없다면 결코 그 아름다움도 아무 소용없다는 것을 느끼게 해 주었답니다. 이제는 넓은 한강 백사장에 나가 서울의 밤하늘을 쳐다보며 낯선 하늘 아래 혼자가 아님을 부르짖고 타향의 외로움을 떨쳐버리려 합니다.

그리고 언젠가 당신과 더불어 모닥불을 피워놓고 밤하늘에 별을 헤며 따스한 해풍이 불어오는 해안가에서 포근하게 당신의 어깨를 감싸고 밤이 지세도록 지내고 싶은 남국의 땅이 있답니다.

그 곳의 해변은 따뜻하고 아름다운 경관을 많이 가졌기에 봄, 여름, 가을, 겨울 할 것 없이 사람들이 많이 붐비는 곳이긴 하지만 그래도 우리들의 추억을 만들고 어린 시절을 회상 할 수 있는 그런 바다가 있으니 꼭 한번 안내할 기회를 만들겠습니다.

아! 지금 내가 느끼고 있는 이 행복감이 정녕 꿈을 꾸고 있는 느낌이 든다오.

아무쪼록 나에게 현재를 존재할 수 있도록 해 준 당신께 감사를 드리면서 여름방학이 되면 약속의 땅 평화로운 바다가 있는 곳으로 그대를 초대할 것을 약속하면서 쓸데없는 넋두리 이해바라면서 이 밤의 작별을 고합니다.

3.

지금 나는 우리나라에서도 가장 아름답다고 이야기하는 한려수도에 끝없이 펼쳐진 수평선 위를 달리고 있소. 바다의 여행은 사람들에게 남을 너그럽게 이해할 줄 아는 포용심을 길러 주며 젊은 날에 좋은 추억을 많이 만들어 주는 곳이라 생각하오.

특히 여행길에서 사람들과의 만남이 나에게는 신선한 충격으로 받아들여진 다오.

언제나 다람쥐 쳇바퀴 생활처럼 집에서 학교까지 통학하면서 보고 느끼는 것은 쪼들린 도시 생활의 권태와 오염으로부터 탈피해 이렇게 여행을 한다는 것은 나에게는 환상적이요 감탄의 연속입니다.

확 트인 바다를 바라보노라면 가슴이 자연스럽게 넓어지기도 한답니다. 또 홀로 이렇게 여행을 하다가 보니 두고 온 것에 대한 그리운 감정에 싸이는 것은 어찌 보면 당연한 인지상정이 아니겠소.

나 혼자서 자연의 아름다움과 신비로움을 즐기다보니 직장 생활에 여념이 없을 당신한테 조금 미안한 생각이 듭니다. 하지만 멀리서나마 바다의 시원함이 담긴 서신을 보내는 것으로 조금이나마 위안으로 삼는다면 행복하게 생각이 되겠소.

많은 인파로 북적이던 모래사장에도 저녁노을과 함께 사람들이 끼니를 위해 숙소로 찾아들어 제법 조용한 시간이 되었습니다.

수평선 위를 나는 갈매기 떼들도 오늘의 하루를 마감하듯 무리를 지어 헤매고 있습니다. 저쪽 숲속 한 편에는 성급한 사람들이 모닥불을 피울 채비를 하고 있고 곳곳이 저녁 식사 준비를 하느라 분주한 모습들입니다.

저녁노을 비친 수평선은 온통 붉은 물결로 일렁이고 그대가 곁에 없는 지금 고독이 엄습해 오는 것은 당연한 일인지 모르겠소.

사람이 사람을 사랑한다는 것은 아주 순수한 감정이 되지만 이면에는 많은 괴로움과 고독으로 몸부림 칠 때도 있다는 것을 새삼스럽게 느꼈습니다. 그래서 '사랑은 눈물의 씨앗' 이라고 했던가요?

Song!

비록 당신보다 나이가 한살 아래지만 그대에 대한 열정은 뒤지지 않으리라 생각됩니다. 행여나 서툴거나 부족한 부분이 있으면 언제나 충고 달게 받겠습니다.

지금 내가 여행하고 있는 이곳은 부산에서 다섯 시간 배를 타고 와서 비포장도로를 한 시간 정도 더 와야 되는 곳입니다. 그러나 워낙 주변경관이 아름답고 명산을 가진 탓에 여름철이면 많은 젊은이들이 삼삼오오로 짝을 지어 찾아오지요. 어쩌면 젊은이들의 실낙원 같은 곳이기도 합니다.

해변 가에는 길고 넓게 뻗어 있는 백사장을 축으로 먼 배경에 금산(錦山)이라는 명산으로 둘러싸여 있고 백사장 뒤는 송림으로 우거져 한 낮의 뜨거운 햇살을 피해 시원한 그늘을 제공해주는 '남해 상주 해수욕장' 입니다. 뿐만 아니라 모래사장의 경사가 완만하여 수심이 깊지 않아 여름철에 익사사고가 거의 없는 곳이기도 합니다.

한려수도의 특유한 리아스식 해안인 까닭에 큰 파도도 없는 해변이지요.

바다의 시원한 수평선을 바라보며 그대 생각에 몇 자 적어본다오.

땅거미 찾아드는 바닷가
수평선 붉게 태우며
멀리 나는 갈매기 떼들도
둥지를 찾아 그들의 안식처로 가고
잔잔한 물결 위에

그리운 얼굴이 아롱거리며
저쪽 먼 곳에 어부들의 통통배 소리는
삶의 애환을 노래하듯.
어둠을 헤치며 나아간다

Pot-bob 지중해안을 연상하듯
이름 모를 해변의 길손이 되어
머물 수도, 머물지도 못할 나그네처럼
스쳐갈 해변에 앉아 지난날을 생각하며
다시 오지 않을 시간의 후회 속에
잃어버린 향수를 찾아
수평선을 헤치며 간다

4.

작렬하던 태양 아래 젊음의 한 장을 만들기 위해 숱한 여행과 나름대로의 산 경험을 많이 했다오.

고향에서 남은 방학생활을 정리하며 그대와 갖지 못한 만남의 시간들을 만들 계획을 하니 벌써 가슴이 벅차오릅니다.

그 동안 여러 차례 서신을 보냈지만 언제나 당신은 무언의 글로 화답을 하였지요?

사람의 만남과 헤어짐에 대해 많은 것을 생각해 봅니다. 물

Pot-bob : 프랑스와 스페인의 국경지역에 접하는 지중해안 작
           은 포구

론 그 어느 것도 인위적으로 어떻게 할 순 없지요.

비록 젊은 베르테르가 '롯데' 라는 한 여성을 짝사랑하다 자살이라는 길을 택했듯이 내 자신도 베르테르의 선택을 택하는 한이 있어도 당신에 대한 마음은 변함이 없다는 것을 알아주면 고맙겠소.

사랑하는 사람이여!

내 자신은 지난 몇 개월 동안 당신에 대해 많은 것을 생각하고 나의 마음을 당신에게 모두 바칠 수 있다는 자신이 앞서지만 그것을 받아들이는 것은 그대의 자유요.

만약 나의 마음이 그대에게 닿지 않는다면 내 자신은 많은 시간들을 고통과 번뇌 속에 방황하게 되겠지요. 그렇다고 동정하는 마음은 더더욱 가져서는 안 됩니다.

지금 내 자신은 학생이기에 당신에 대한 어떤 책임감 있는 말을 할 순 없지만 그대와 한 평생을 같이하고 싶은 꿈을 갖고 노력하고 있는 것은 사실이오.

어스레한 그림자가 찾아오고
제각기 둥지를 찾아
바쁘게 움직이는 시간
거리에는 어둠과 고요함만이 깔려
나의 마음을 오히려 두렵게
엄습해 오는 것은 무엇 때문입니까?

긴 날을 가슴 조이며
그 무엇의 의미도 모르는 체

많은 희생과 아픔을 견디며
인고의 슬픔을 배웠지요
사랑하기에 헤어지는
이별의 아픔도 알았고
새로운 만남으로
세상의 순리를 또다시 알았지요
만남과 헤어짐이 세상사라면
기다림은 무엇입니까

오랜 세월을 참고 견디며
실낱같은 한 가닥의 희망 속에
살아가는 의미는 무엇입니까
삶이 있기에 기다림이 있듯이
그것이 사랑입니까?

오늘따라 밤하늘엔
유난히 반짝이는 별들은
누구를 기다립니까?
어두운 밤길 따라
얼마나 많은 날들을 헤매었습니까?

속삭이던 님의 말소리에
눈귀가 멀고
순간의 만남 시간 뒤안길로 돌아와

이토록 몸부림치며 괴로운 미련이 되어
긴 기다림으로 가슴 매김 될 줄은
뉘라서 알았겠습니까?

　솔직히 말해 지금 나의 심정은 당신에게 달려가 고백을 하고 싶소. 그렇지만 우리는 아직 젊음을 갖고 있기에 서둘진 않겠소. 지난 일 년 여 시간 동안에 우리는 너무도 많은 추억을 가졌소.
　하루가 멀다시피 만남을 가졌고 주일 세 번 정도는 그대에게 사랑을 고백하는 편지를 보냈지요. 그렇지만 항상 되돌아오는 것은 번민뿐이라오. 그것은 그대의 침묵이 나로 하여금 자신감을 잃어버리게 만든다는 사실을 알고 있는지요?
　서울의 밤하늘은 언제나 변함이 없건만 우리들의 삶은 자꾸 변화되어 가는 느낌을 받는 까닭은 무엇 때문일까요?
　그 어떤 불길한 예감이 엄습해옵니다. 당신에게 책임감 있는 어떤 행동도 보여줄 수 없는 나 자신이 너무도 미약함을 느끼며 몸부림쳐봅니다.
　그래서 나 자신 무엇인가 커다란 결심을 해야만 할 것 같습니다.

5.

　당신과 헤어진 지 벌써 열흘이 넘었습니다. 이곳 고향에 내려와 당신에 대한 생각을 조금 잊어 보려 하였지만, 사람의 인연은 그렇게 쉽게 운명의 줄을 만들지 않았나 봅니다.
　때로는 미친 듯이 어릴 때 놀던 뒷동산과 들판을 땀이 흠뻑 적도록 헤매며 돌아 다녀 보고, 친구들과 어울려 밤 세워 가면서 술에 취해도 봅니다만 그럴수록 당신에게 향한 내 마음은 더욱 더 무거운 짐 꾸러미가 되어 나의 가슴을 쪼이는 구려.

아 ! 보고 싶은 연인이여.

언제나 미소를 머금고 남들보다 말이 적으면서 나의 이야기를 소중하게 들어주는 여인이여!

비록 만남의 시간은 짧았지만 그 속에서 당신과 나의 만남 횟수 나의 마음을 표현할 수 있는 편지는 몇 년을 사귀어 온 사람 보다 더 많았다는 것을 알아주시구려.

그리고 당신에게 말하지 못한 것을 한 가지 알려드릴까 하오. 며칠 전에 입영 신청을 하였다오.

아마 내년 3월쯤에 입소를 해야 할 것 같소. 남자로 태어나 의무를 충실히 하는 것도 내일을 위한 전진이라 생각은 됩니다만 단지 당신과 자유로이 만날 수 없다는 것이 무엇보다 가슴 아프다오.

그나마 다행한 것은 시력이 조금 좋지 못해 보충역에 편입되어 방위 근무를 하면 된답니다. 이것은 아마 그대와의 만남을 조금이라도 단축해주는 하느님의 뜻이라 생각하며 열심히 주어진 임무에 충실하려 하오.

그리고 인사가 늦었지만 어머님의 병환은 어떠하신지? 어머님의 병환이 중증이란 말을 듣고도 당신에게 따뜻한 위로의 말 한마디 할 수 없는 옹졸함이 그저 당신께 미안할 따름이오. 가족들이 당신에 대한 특히 어머님의 사고(死告) 전에 당신을 출가 시키려하는 어떤 동요는 없는지 궁금할 따름이오.

아 ! 보고 싶구려.

언제쯤 한 번 이곳에 내려와 주신다면 나에겐 크나큰 영광이 되리라. 당신에 대한 모든 궁금증과 그리움은 당신의 답장을 기다리는 것으로 대신하겠소.

겨울이라 멀리 여행도 떠날 수 없어 가슴은 꽉 메여 있는 상태라오. 단지 희망이라는 것은 언제쯤 당신을 만나기 위해 내가 상경하든지 앞에 적었듯이 당신이 방문해 준다면 더 이상의 행복은 없으리라…….

6.

지난 시간들이 짧았다면 너무 짧았지만 나에겐 너무도 많은 것을 깨닫고 인생을 살아가는 방법을 가르쳐 준 시간이었다고 생각합니다.

어떤 사람들은 너무 쉽게 만나 그들의 애정을 마음껏 향유하면서 부담 없는 이별을 하곤 합니다.

그러나 나의 경우는 가슴속 깊이 아니 진정으로 사랑하면서 당신에게 다가설 수 없음을 느낄 때 내 자신은 너무나 초라함을 느낄 수밖에 없답니다.

무엇이 이토록 당신과 나에게 큰 장애로 자리 잡고 있는지는 모르지만 그 벽을 허물기에는 나의 힘은 너무도 역부족인 것 같습니다.

지난 세월을 나에게 많은 시간을 배려해 준 데 대해 감사히 생각하며 아름다운 추억으로 생각하면서 살아가겠습니다.

지금의 이별은 평생을 살아가면서 후회와 번민 속에 괴로워하며 살아가야 될지도 모르겠습니다만 이제 나의 덫을 풀어드리고 싶습니다.

내가 당신에게 어떤 책임 있는 얘기를 할 수 없는 우유부단하고 용기 없는 자라고 생각해도 좋습니다. 부딪혀 보지 않고 뒷걸음질 치는 비겁한 녀석이라고 비난하더라도 기꺼이 감수하겠습니다.

그러나 이것 하나 만은 꼭 알아주시면 고맙겠소.

"당신을 진심으로 사랑하오."

"사랑하기에 그대의 행복을 빌며 이제 물러서려 합니다."

비록 깨어진 그릇이라 하더라도 나의 한 평생은 소중히 가슴속에 간직하며 그것을 바라보고 살겠소. 아마 나는 이 시간 이후로 결코 행복한 삶을 누리지 못할지 몰라도 후회하지 않으리라 믿소. 그간에 나에게 베풀어준 호의에 다시 한 번 감사를 드립니다.

그럼 그대의 행복을 멀리서 기원하면서 나의 희망을 염원하는 시 한 수를 보내면서 작별을 고할까 싶소.

옷깃을 세워 추스르며
공원 한 모퉁이 벤치에 앉아
떨어지는 낙조를 보며 사색에 잠길 때
먼 곳 불빛 조명등이 하나 둘 빛을 발하고
한 해 마지막 12월 어느 날

호수의 잔잔한 물결은
흔적을 모두 지워버리고
우뚝 솟은 낙락장송은
새 찬 비바람의 표적이 되어

곧은 기상을 간직한다

은방울 꽃, 범 부채, 노루오줌
패랭이 등 산 야초 뜰에
타다 남은 덩굴은 퇴색되어
긴 휴면에 들어가
그들의 삶은 노래한다

따스한 봄기운이 감돌 때
뜨락에서 새 생명을 잉태하듯
만물에 주는 겨울의 의미

잡초 덤불처럼 살아온 나에게도
동면의 시간을 가져 보았으면

공원 내 음악소리에
연인들의 발걸음이 한결 가벼워지고
어린아이들의 노니는 모습을 보며
다가올 새 봄 희망의 나래를 펴본다.